JN067547

マドンナメイト文庫

剣道部の先輩女子 放課後のふたり稽古

伊吹泰郎

目次

contents

剣道部の先輩女子　放課後のふたり稽古

プロローグ

「で、どうよ？　アユは入部先、もう決まったのか？」

念願の竜ヶ園《りゅうがその》学院へ入学して三日目の放課後。

いまだ見慣れたとはいえない校舎の廊下を歩きつつ、友人の渡嘉敷蓮司《とかしきれんじ》が聞いてくる。

「……どうしようか。見学だって、やっと今日から始めるわけだし……」

芦田歩武《あしだあゆむ》は考えているふりをした。

実のところ、やりたいことなら決まっている。

すでに中学で三年間、剣道をやってきたのだ。高校でも続けたかった。

ただ、胸を張って断言できない理由もあった。それは──、

「もう剣道は見切っていいいんじゃね？　始めてからこっち、一度も試合で勝ててない

じゃんか」

隠したつもりでいても、蓮司にはお見通しだった。

まあ、仕方ない。

何しろ蓮司とは小学校以来の腐れ縁で、付き合いは剣道より長い。

ただし気安い関係とはいえ、彼の遠慮のなさには、歩武も少しムッとした。

「言われなくてもわかってるって」

おおげさに顔をしかめてみせる。

もっとも、意思表示はこれがせいぜいだ。

元々、歩武は温厚な性格で、試合ならともかく、本物の争いごととは縁遠い。

趣味もかなりインドア寄りだから、剣道を始めたのも、好きな漫画のヒーローに影響されたことが大きかった。

体格は小柄で細身なほうだ。真面目に筋トレを続けているのに、体力がついたと思えないのが、悩みの一つとなっている。

「この際、俺と落語研究会へ行ってみようぜ？　さあ！　新しい世界がお前を待っている！」

蓮司が腕を伸ばし、恥ずかしげもなく明後日のほうを指さす。

「そういうオーバーアクションはやめなって……」

普通に振る舞っている歩武のほうが、他の生徒の目を気にして、身を縮こまらせてしまった。

正直、友人の誘いに心が揺れないではない。だが、勝てないからと逃げるのは、胸に何かが引っかかるものがある。

「せっかく長く続けてるんだし……俺、諦めるにしても、せめて一勝はしてからがいいんだ……」

そう答えると、蓮司も意外にすんなり引き下がってくれた。

「ま、お前に変なしぶとさがあることは、俺も知ってるよ。じゃあ、一発目は剣道部を見ておくか。あっちから剣道場へ出られなかったっけ」

「え……付き合ってくれるの？　なんか悪いね……」

「いいっていいって。こっちは落語研究会に決めてるし、焦る必要はないんだ」

蓮司は軽く手を振ると、細かい確認などせずにスタスタ歩きだす。

その後ろ姿を見ながら、歩武は友人の行動力がとても羨ましかった。

剣道場は、蓮司が言うとおりの方向にあった。

広さは二組で同時に試合をしつつ、それなりの人数が見学できるほどだ。単なる稽古だけなら、二十人ぐらいが揃って竹刀《しない》を振りまわせる。

歩武たちが隅にある出入口から覗いてみれば、早くも練習は始まっていた。

「一！　二！　一！　二！」

紺の着物を着た男子八人と、白い着物を着た女子七人。全員が掛け声と共に、顧問のほうを向いて、素振りしている。

まだ防具は着けていなかったが、出入り口が先輩たちの後方にあるため、歩武には一人一人の顔までは見えなかった。

学校のパンフレットによれば、男子部と女子部は分かれているはずだが――ひょっとしたら、合同の活動が頻繁にあるのかもしれない。

「なかなか迫力あるなぁ」

感心したように蓮司が呟く。

「うん……」

歩武も同意しようとして、ふと一人の女子の後ろ姿に目が留まった。

他の部員と同じく、どんな顔かはわからない。

だが背筋を伸ばし、すり足で前後しながら竹刀を扱う様が、演武のように端正だ。

剣道をやっている歩武には、彼女がそうとうな強さだとわかる。

背丈はほぼ平均か、それよりほんの少し高いぐらいだろう。ただ、手足は健康的に伸びやかで、動作をますます綺麗に見せる。

艶々と長い黒髪は、ポニーテールにまとめられ、動きに合わせて小さく揺れていた。

それらすべてが、歩武に一目ぼれに近い感動を抱かせる。

(って、いきなり何を考えてるんだよ、俺は……!)

名前も、顔も、学年もわからないのに。

しかし、煩悩を追い払おうと瞬きを繰り返したものの、視線を他へ移せなかった。

その間に、練習は次のステップへ進む。

「よし、止め! 次は打ち合いの稽古!」

「はい!」

顧問の指示で、素振りがいっせいに止まり、部員たちは二人ずつの組を作った。

半数が身体の脇で竹刀を横向きに掲げ、残り半数が正眼に構えた。

その一連の流れで、ポニーテールの先輩の顔も、はっきり見える。

目はぱっちり大きくて、遠くからでもわかるほど、凛《りん》と煌《きら》めいていた。

ほどよい大きさで清潔感のある唇は、キリッと結ばれていた。

鼻筋はすっきりしたラインで、高すぎず、低すぎずのバランスが、和風な雰囲気とマッチする。

古い言い方をするなら、大和撫子《やまとなでしこ》風。あるいは漫画から抜け出てきた女剣士――。

(すごく……綺麗だ……)

要するに、歩武は本日二度目の一目ぼれを、同じ相手にしていたのだ。

その女子も含め、構えた先輩達がいっせいに、相方の竹刀へ打ち込む。

「めーんっ!」

掛け声に続き、竹と竹のぶつかる小気味いい音が、剣道場の空気を震わせた。

「……ごめん、蓮司。俺、落語研究会には行けない。やっぱり剣道部へ入るよ」

なおもポニーテールの先輩に見惚れつづけながら、歩武は夢見心地で友人に告げる。

それが人生の転機になるなど――彼はこのとき、まるで想像していなかった。

第一章　自主練での椿事

歩武が剣道部へ、蓮司は落語研究会へと入って、およそ半年が過ぎた。

三年生は夏の大会を最後に引退し、今や二年生が活動の中心だ。

練習はやはり厳しく、この日も歩武は、当番の仲間たちとヘトヘトになりながら、後始末を終えた。ちなみに歴代部長の判断で、片付けの役は学年と関係なく、公平に回ってくる。

「ふぅっ」

歩武は額の汗をぬぐい、道場内を見回した。

几帳面な性格だから、整頓された空間を眺めるだけで、なんとなく嬉しい。

もっとも、最近は少し落ち着かなかった。

原因は自分の弱さだ。

他の部員の後ろ姿を見るだけの日々が、かなり堪《こた》えている。夏の大会でも、補欠にすら入れなかった。

一方、あのポニーテールの先輩——二年で女子部の新たな部長となった林《はやし》優花《ゆうか》は、全国大会にまで進んでいる。

彼女への憧れは日々強まっていたが、歩武の立場では月とすっぽんだった。

そのじれったさが、今日はいちだんと強い。

秋に入って、日が沈むのも早くなってきているが、もうちょっと練習しておきたかった。

「……鍵は俺が職員室に戻します」

先輩にそう言って、歩武は一人で残る。

みんなを見送ったあと、大きく深呼吸する。

「よし！」

声をあげて自分を励まし、古くなった練習用の竹刀を、用具室から持ち出した。

「一！　二！　一！　二！」

時間を忘れ、無心で素振りを繰り返す。

しばらくして、急に後ろから声をかけられた。

「芦田君？　まだ残ってたのっ？」

「っ!?」

確かめるまでもなく、誰がかわかった。

「す、すみません、林先輩！　勝手に居残りなんかしてっ」

振り返りざま謝れば、思ったとおりの相手が、出入り口に立っている。

――林優花先輩だ。

彼女は今日も大きな瞳に、溌剌《はつらつ》とした生気を宿していた。

入部してわかったのだが、この先輩、上下関係にこだわらない気さくなタイプで、学年、男女を問わずに人気が高い。

それに物腰が、部活動中とふだんでガラッと変わる。

竹刀から離れた彼女は、子供っぽさやそそっかしさもある可愛い人だった。

「あ、ええと……それは気にしないで。わたしこそ邪魔しちゃってごめんね？」

優花は曖昧に笑いながら、歩武へ近づいてきた。

彼女との間に身長差はほとんどない。正面へ立たれると目線がしっかり合う。

二人きりとなれば、緊張感もひとしおだ。

しかも、頑丈な防具から学校指定の制服へ着替えているせいで、バストのふくよかさもよくわかった。

健康的に引き締まった身体つきのなか、そこだけは女性らしさを過剰に目立たせる。部の男子の見立てによれば、サイズはFかGカップ。スポーツブラと道着で押さえなければ、竹刀を振る妨げになってしまうだろう。

もっとも、初心《うぶ》な歩武の視線は、先輩の目を見た直後、髪や整った鼻筋、肩や手の先を、行ったり来たりする。

そんな挙動不審一歩手前の男子に対しても、優花は警戒心がなかった。

「うんうん、熱心だねー。でも、根《こん》を詰めすぎちゃダメだよ？　身体を壊したら、何にもならないんだから」

最初の戸惑いも薄れ、いかにも先輩らしくたしなめてくる。

「は、はい……っ。あの、先輩はどうしたんですか？」

「それがスマホを更衣室に忘れてきちゃったみたいで」

タハハと照れ笑いを浮かべて、彼女は頭を掻いた。

「ああ……それは……」

「ドジっ子なんてコメントはいらないよ？　さっきサエたちにさんざん言われたんだからっ」

サエとは、優花と特に仲がいい剣道部の先輩だ。

おおげさなほど冗談めかした身振りのおかげで、歩武も肩から力を抜けた。

「言いませんよ、そんなこと……」

「おおっと。芦田君は優しいなぁ」

優花は「ヨヨヨ……」と涙を拭うフリだ。それからパッと笑顔に戻り、

「こうして会ったんだから、あと三十分ぐらいなら、わたしが練習を見てあげよっか？」

「え、あ、でも……っ」

「遠慮しないの。サエたちは先に帰っちゃったし、家に帰ってもすることないもん。その代わり、三十分やったら、君も終わりにすること。無理は本当に駄目なんだからねっ」

「は、はいっ……！　あの、ありがとうございますっ、先輩っ」

面倒見がよすぎるこの先輩に、歩武は深く頭を下げた。

そこから始まった練習は、基礎のおさらいにすぎなかったが、少年にとっては夢のようなひとときだった。

「で、そこまでしてもらって、肝心の進展はなしと……」

翌日、歩武は下校のタイミングが合った蓮司と、学校の最寄り駅にある本屋へ寄っていた。

目的はコミックの新刊数冊だ。

その物色中、昨日の個別練習を意気揚々と悪友に教えたのだが、かえって呆れられてしまった。

「……いいんだよ。俺は先輩と、どうこうなりたいわけじゃないから」

言い返すと、重ねて溜め息を吐かれてしまう。

「ええと、なんていったっけ。アユが尊敬してる、その綺麗でかっこよくて優しい先輩の名前」

「林先輩だよ。林優花先輩」

「ああ、そうだった。顔は俺も覚えたんだけどな。美人だし。胸もでかいし」

「……蓮司」

「ああ、悪かった。聞き流してくれ」

そこで蓮司は、平積みコミックから歩武へ目を向けてきた。

「けど、アユは欲を持つべきだろ。来年のこの時期になったら、受験やら就活やらで、先輩との接点なんていっぺんに減っちまうぞ？　それなりに親しくなっておかなきゃな」

「ぅ……わかってる、けど……っ」

そう。全部わかっている。

自分が優花と釣り合わないことも含めて。

「……俺はただの後輩でいいよ。この気持ちだって、恋愛じゃなく、尊敬なんだから。蓮司こそどうなのさ……っ」

歩武は矛先を逸らすために聞き返した。

「確か、気になる相手ができたっていってなかったっけ？」

それは少し前、雑談で出た内容だった。妹の買い物へ付き合わされた際、寄った店に好みど真ん中の年上美人がいたという。

（自分のことになれば、蓮司だって慌てるよね……）

そう目論《もくろ》んだのに、友人はニンマリ笑う。

「いい感じになってきてるぜ？　待ってろよ。クリスマスまでには、ラブラブな恋人として、お前に紹介してやるよっ」

「え……本当に？　へ、へぇ……おめでとう」

「気が早い」

想定外かつヤブヘビだった。

蓮司もいよいよ図に乗って、話題を強引に戻してしまう。

「だからアユ、お前も行動に移せよ。愛しい林優花先輩に、デートの一つも申し込んでさぁ」

「デット⁉」

歩武は瞬時に顔が火照り、声を張り上げてしまった。

「お、俺はっ！　そこまで林先輩を好きなわけじゃないんだってば！」

「そんなよけいな意地を張らないで……っと……おお」

お節介だった蓮司が突然、黙り込んだ。視線も歩武の肩の後方へズレている。

(なにごと？)

歩武もつられて振り返れば――。

優花先輩がすぐ後ろで立ちすくんでいた。

歩武に声をかけようとしていたのか、本棚の陰から踏み出しかけた状態でいる。

澄んだ目は見開かれ、瑞々しい頬も真っ赤だ。

きっと、全部聞かれていたに違いない。

パニックに陥りかけた歩武は、身体ごと向き直って、手をブンブンと振った。

「あのっ、いえっ！　違うんです、先輩！　今の話はこいつの冗談ですから！」

その大声で、半ば金縛りになっていた優花も、目をしばたたかせる。

彼女は大きく頭を一振りし、ぎこちなく笑みを浮かべた。

「あ……ううん。いいよ、いいから……っ、しょうがないよ。『好きじゃない』とか『合わない』とかは、理屈じゃないもんね？」

「え？」

今度は歩武が瞬きをする番だった。

(どういうこと……？)

改めて先輩を見てみれば、目が笑っていない。笑みの形の唇も、端がヒクヒクひきつっている。

(って、もしかして、最後のセリフだけ、先輩の耳に入っちゃった!?)

『そこまで林先輩を好きなわけじゃないんだってば！』

いくらさっぱりした気性でも、こんな断言を近くで聞けば、不愉快に決まっている。

頬が赤いのも、きっと恥ずかしいからではなく、怒りを堪《こら》えているためで。

そこへ原因の半分である蓮司が、ヘラヘラ割り込んできた。

「すんません、俺がアユをイジりすぎたんです。俺、渡嘉敷蓮司っていいます。はじめまして、林先輩っ」

「あ、うん、はじめまして……？」

初対面から異常に馴れなれしくて、優花もむしろ毒気を抜かれたらしい。それをいいことに、蓮司は落語で鍛えた早口で捲し立てはじめた。

「いやぁ、お会いできて光栄です。今も、こいつが林先輩に指導してもらったたって喜んでたもんで、俺がネタにしちゃってたんですよ。ほんっと、嫉妬するような自慢ぶりで」

（蓮司のヤツ……）

歩武は彼を止めたかった。だが、ここで口を挟んだら、ますます泥沼だろう。

そんな気まずいなか、蓮司だけがペラペラしゃべりつづける。

「最近の歩武は、本当に剣道部の話題が多いんです。どの先輩も親切で、強くて、入部してよかったたって」

そこで歩武の肩を引き寄せて、

「こいつ、隠し事が下手《へた》なんですから。先輩といるのが嫌だったら、絶対、練習中、顔に出てますって」

「あー……うん、そうかもだけど……。部活してるときも、一番素直だもんね……？」

優花から次第に強張りが抜けてきた。

これなら、どうにかごまかせるかもしれない。

だが、感謝する間もなく、悪友はアクセルを踏み込む。

「先輩、できたらもう一回だけ、アユの練習に付き合ってくれませんか？　そうすれば、こいつがさっき何を言いたかったか、わかってもらえると思うんです」

「れ、蓮司!?」

歩武は慌てた。

しかし意外にも、優花は微笑混じりに目を細める。

「渡嘉敷君ってば、強引だなー」

「よく言われます」

そこで優花の美貌が、歩武へ向けられた。

「芦田君、どうしよっか？　わたしとしては、頑張る後輩を応援したいし、部の戦力が上がるのも嬉しいから、もう一回ぐらいなら、見てあげられるよ？」

「で、でも、迷惑じゃ……ぅぐえっ!?」

歩武は蓮司に首を絞められ、声を途切れさせた。

そのやり取りがおかしかったのか、優花はとうとうプッと噴き出す。

「わたしなら大丈夫。練習は次の日曜でいいかな？　それなら丸一日、剣道場が空いてるし」

ここまで親身になられたら、辞退なんて逆に失礼だ。

歩武は首根っこを摑まれたまま、無理やり頷いた。

「お、お世話になりますっ、先輩っ」


そして、あっという間に日曜日になった。

原則として竜ヶ園学院の剣道場は、使ったあとで施錠され、鍵が職員室へ返却される。

しかし、優花は顧問から合い鍵を預けられていた。

「いわゆる部長特権だよねっ」

そう言いながら剣道場へ入る彼女の様子は、いつもよりテンション高めだった。

しかし、道着と防具を身に着けるや、雰囲気が一変する。

「手加減、しないよ？」

そう告げる声も、凛として涼やかになった。

彼女の提案で、練習は最初から試合形式だ。

歩武も自前の装備を纏《まと》い、剣道場の中央に立つ。

しかし、あっけなく気を呑まれた。

先輩の気配はオーラさながらで、少年は迂闊《うかつ》に動くたび、見事な一撃を食らってしまう。

そのすべてが、本番なら〝一本〟確実な流麗さだった。

「やぁあっ！」

「はぁ！」

今度こそ――と、歩武も掛け声をぶつけ返すものの、再び耐えきれなくなる。

思わず半歩あとずさりかけ、次の瞬間には、

「めーんっ！」

鋭く打ち込まれた。

（っ！　やっぱり林先輩はすごい……っ。こんなの一生追いつけない……！）

姿勢を正せば、優花がすかさず突っ込んでくる。

歩武はそれを立てた竹刀でとっさに受け止め、今日初めての鍔迫《つばぜ》り合いが始まった。

（……！）

面越しに見る先輩の顔は真剣で、未熟な後輩相手でも、まったく侮《あなど》りがない。

次の瞬間、歩武は強く押され、体勢を派手に崩す。

「どーうっ！」

「つあ……っ！」

バランスを崩したところで胴を打ち払われたため、硬い床へ尻もちをついてしまった。

が、これは優花にも、予想外の決まり方だったらしい。

「大丈夫っ、芦田君っ!?」

親しみやすい先輩に戻った彼女は、慌てて歩武の前でしゃがみ込む。

「平気です……っ。次っ、お願いしますっ！」

そう言って、立ち上がろうとする歩武だったが、すぐにやんわり押しとどめられた。

「そろそろ休憩しよ？　で、ここまでのわたしの感想を言うから」

「はいっ……」

頷《うなず》くと、歩武の集中もブツッと途切れた。

気づけば、息は乱れきっており、十月へ入ったのに全身汗だくだ。

防具も急に重たくなってきた。

剣道場の端に座った優花が面を取ると、彼女も額や頬が、汗でしっとり濡れていた。頭部へ巻いていた手ぬぐいを解《ほど》けば、髪も湿っていて、フワッと肩へ落ちてくる。最後に無骨な胴まで外されて、胸のふくよかさが露《あらわ》となった。はちきれんばかりの丸みに対し、左右から布地を重ねるかたちの着物はひどく頼りない。

総じて、風呂上がりのような艶っぽさだ。

「まだまだ暑いねー」

手で顔を仰ぎながら、彼女が立ち上がる。

「わたし、何か飲み物を買ってくるよ。芦田君は何がいい？」

「え、いえっ、俺は……っ」

「こらこら、遠慮ばっかりしないの」

優花は腰に手を当て、軽く睨んできた。

「わたしだって、たまには頼れる先輩っぽくしたいんだからっ」

「ぇ……じゃあ……その、何かスポーツドリンクを……」

「了解っ」

みなまで言わせず、軽く敬礼する。

出口へ向かう身のこなしは軽やかで、全力で竹刀を振るったあとも、まだエネルギーが余っているらしい。

(やっぱり。敵《かな》わないなぁ……)

歩武がネガティブに溜め息をついていると、優花はすぐ戻ってきた。

立って迎えようとする後輩を仕草で制しつつ、手にしたペットボトルを「はいっ」と渡してくれる。そのまま、横に座り直し、自分の蓋を開けた。

彼女の飲み方は豪快で、細い喉を上下させて中身を飲み干したら、大きく息を吐きだす。

「ぷはぁっ」

歩武のほうは、対照的におずおずと飲みはじめた。もっとも、冷たさと水気の心地よさを感じるや、ブレーキが利かなくなって、結局、先輩以上のハイペースでペットボトルを空にする。

それが優花は気に入ったらしい。

「あはっ、いい飲みっぷりっ」

「そ、そうですか？」

「うんっ、いかにも男の子って感じだったよっ」

彼女は笑顔で頷いた。それからきっぱり告げてくる。

「よーしっ、今のでわたしも完全に決めた！」

（え……何をですか？）

と、尋ねかける歩武だったが、それより先に、優花が身を寄せてくる。

朱に染まった顔はいきなり、息が当たるほどの至近距離だ。

生気に満ちた汗の匂いもダイレクトに漂って、膨らんだ胸元は、自然と少年の視界の下半分を占める。

「先輩っ!?」

歩武は身を引きかけた。

その顔を、優花の意外なほど小さい両手が、左右から押さえる。

竹刀を握り慣れているにもかかわらず、手のひらは羽のように柔らかく、しかもドリンクで冷えたせいか、さっきの熱戦が嘘のように、ヒンヤリしていた。

「あの、ぇっ、せ、先ぱ……」

「逃げないで、芦田君っ」

「うえっ!?」

「わたし、確信したっ。芦田君に足りないのは、ずばり、自信と勇気だよ！　君ってば、基本は完成してるの。だからあとは！　自分なら強くなれるって信じるだけで、きっと大化けできる！　試合経験の多いわたしが保証するよっ！」

「……あ……ありがとう、ございます……」

歩武が目を白黒させるうちに、優花はパッと離れた。

それからなぜか瞼を閉じて、ふくよかな胸に手を当てる。

「すぅっ、はぁあっ！」

深呼吸のあとで目を開き、また歩武を見つめてきた。

そこで歩武も気づく。

常に曇りないと思われた先輩の視線が、熱っぽく潤みだしている。

続く声音《こわね》も、やや恥ずかしそうだった。

「ここまで偉そうに言ったんだもん。わたしが勇気のお手本、見せなきゃね？」

「……お手本、ですか？」

歩武が問うと、優花の顔は面を取った直後以上に赤くなった。

「実はね？　君の弱点なら、もう何となくわかってたし、男子に自信を持たせる方法を、クラスの友だちに聞いておいたの。そしたらバッチリの方法があるじゃないって」

　そこで彼女は一拍置いてから、

「エッチな応援一択でしょ……って」

「は……ふぐっ⁉」

　歩武はとっさに相槌《あいづち》を打ちかけた。だから、半開きの唇から、唾を吹き出しそうになる。

　かろうじて顔を逸らして堪えたものの、露骨な反応は優花の羞恥心を刺激したらしい。

「ドン引かないでよ、芦田君っ！　エッチっていっても、ちょっとだけっ、ちょっとだけだから！　本番は絶対なし！　オーケー⁉」

　しかし、オーケーどころではない。

　歩武は動揺に耐えて、反論を試みた。

「そのアドバイス……友だちの冗談だったんじゃありませんか……？」

　しかし、優花も恥じらいを払いのけるように腕を振る。

「そ、そうかもしれないけど！　でも安心して、芦田君っ。わたし、従姉のお姉さんからいろいろ聞いたのっ。すっごく色っぽくて、経験豊富って感じの人でっ、だから間違いなし！」

しゃべりながら腹が据わってきたのか、泳ぎかけていた視線はしっかり定まった。

そのうえでピシャリと告げてくる。

「とにかく、応援したい後輩から『好きじゃない』って言われたのが、わたしはすっごく悔しいの！」

「……！」

これには歩武も言い返せなかった。

先輩がここまでしてくれるなんて、今の話だけでは、とても理解が及ばない。

だが、自分のセリフが原因の一つだということだけは、納得できた。

加えて、先輩が自分のため、大きな決断をしてくれたことへの感謝も、微かに芽生える。

気が小さい少年だから、こんなシチュエーションで〝エッチなこと〟へ期待するなんて、絶対に無理だ。

それでも、歩武はぎこちなく頷いた。

「わかりましたっ。俺っ……が、頑張ります！」

途端に優花も背筋を伸ばし、

「うんっ！　わたしがちゃんとリードするから！　任せひぇ！」

気持ちを固めきったように見えたのは錯覚で、先輩はそうとうテンパっているらしかった――。


優花の希望で、歩武は彼女と用具室へ移動した。

すでに剣道場の出入り口には鍵を掛けてある。何を始めるとしても、人に見られる危険は低いはずだ。

「……俺、どうすればいいんでしょうか？」

「んーと……」

優花は迷うように、歩武の頭から足元までを順に見たあと、口を開いた。

「……袴と下着……脱いでくれる？」

「…………は、はい……っ」

やはり〝エッチなこと〟とは、比喩でも誇張でもなかったらしい。

歩武は異世界へ迷い込んだ気分だった。

何しろこの年齢になるまで、性的な事柄と縁がなく、気構えだってできていない。

今はどうにか壁を背に立っているが、足元はふらつきかけていた。

とはいえ、もはや流れに身を任せる他ない。

彼は覚束《おぼつか》ない手つきで、袴を留める腰回りの紐を解く。それだけで、ゆったりした袴は床へ落ち、下半身の風通しが格段によくなった。

反面、体温は急上昇だ。

ただ、優花からは下着も脱ぐよう求められている。

内気な少年は顔を伏せ、野暮《やぼ》ったいトランクスの縁に指の先を掛けた。

果たして、勢いよく下ろすべきなのか、あるいはゆっくりのほうが適切か。

(こういう場面って、どう脱ぐのがいいの……？)

大真面目に迷ったものの、結局、膝まで一直線に布地をずり下げた。

これで下半身は無防備だ。

上に着物が残るため、股間部はかろうじて隠されるものの、外気はペニスにしっかり当たる。上下で露出度がアンバランスな出で立ち自体、おそらく傍目《はため》には滅茶苦茶みっともない。

歩武は目を固く閉ざし、性器へ手をかぶせたい衝動を抑えた。

そこへ優花の近づく気配があって。

「あー、うん……失礼するね？」

着物の裾がそっと摘まみ上げられる。

これでペニスも丸見えになってしまった。

「っ！」

歩武は羞恥心が振りきれそうだ。

そこへ悪意のない追い討ちが来る。

「これって思ってたより小さいし……まだ勃起してない、よね？」

確かに歩武の男根は、緊張に負けて、ダラリと下を向いていた。憧れの先輩から、はしたない単語を聞かされても、かえって萎縮するのみだ。二つの玉袋や、縮れた陰毛のほうが、まだしも男らしさを主張している。

「……っ、は、はい……してないです……」

答えた瞬間、優花の手にペニスをすくい上げられた。

「うぃっ!?」

視覚を遮断していた分、触覚は過敏だった。指先の冷たさが鮮烈で、堪らず後ろの壁へ寄りかかる。

それをどう勘違いしたか、

「あっ……わたし、飲み物を買いに行ったときに、ちゃんと手は洗ってきたからねっ？」

優花が見当違いのフォローを入れてきて。

（そういうことじゃないんです……！）

歩武は訂正したかったが、声が喉へ引っかかって出てこない。

その歯がゆさを振り払おうと薄く目を開けば、優花の美貌は思った以上に傍へ来ていた。

右側のすぐ隣。さっきの鍔迫り合いより、さらに近い。

張り出すバストも、二の腕へぶつかる寸前だ。

「！」

歩武は心臓が大きく弾む。

とはいえ、無茶振りしてくる優花も視線が儚《はかな》かった。しかも見返された途端、「あっ」と下を向いてしまう。

だが、憧れの相手のすがるような表情は、歩武の脳裏に焼きついた。今までと違う妖しい感覚も、少年の胸の奥でざわつき、そこで指摘される。

「……芦田君の、ちょっとおっきくなってきたね……？」

「あ……」

事実、歩武のペニスは、芯からムズつきだしていた。速まる血流に、内から神経を撫でまわされるみたいだ。

だがこのままでは、しっかり勃《た》つ前に達してしまいそうだ。

歩武は気を紛らわそうと、いまだ不自由なままの声帯を震わせた。

「せ、先輩はっ……！　こういうことをしようって……練習のときから考えてたんですか？」

さっきまで、優花はいつもどおりの清潔な気配を纏っていた。雑念なんてないように思えたのだ。

しかし、彼女は小さく頷く。

「うん……。わたし、竹刀を構えると、他のことは全部、頭の隅に押し込められるから……きっと、それで芦田君にも気づかれずに済んだんだよ……」

「……確かに、先輩の集中力はすごいですもんね……」

「でもサエなんて、まるで人斬りだなんて言うんだよ？　酷いよね？」

先輩が漏らす苦笑は、場違いに愛らしかった。

それに反応して、ムクリ、ムクムクッ。

やっとペニスも本格的に肥大化しはじめる。

こうなると、あとは早かった。

竿はどんどん長くなり、幅も一回り以上太くなり、そのボリュームは、身体つきや控えめな性格に反して、平均を大きく上まわる。

角度だって、下から上へ百八十度近く変化だ。先端では亀頭が膨張して、カリ首と竿の間に大きな段差を作った。

「えっ……ええっ？　嘘っ……すご……ぃ!?」

変化をモロに感じて、優花も急いで手を引っ込めた。

だが、肉幹が立ちきるのを待ち、再び慎重に触れてくる。

今度は指先で亀頭をチョンと突いた。

刹那、むず痒さが波紋のように、牡粘膜へ広がる。

「くっ!?」

思わず、歩武も男根を根元から揺らし、海綿体を丸ごと凝縮させた。

そんな派手な反応を見ても、優花はもうたじろがない。持ち前の度胸が勝ったらしく、揺れたばかりの肉幹へ、細い指先を当ててくる。

「これが……勃起なんだね。長いところは意外にスベスベしてるけど……ん、木刀みたいに硬いんだ……」

感触を覚えるように、先端寄りから根元まで、指の腹を滑らせた。そのささやかなタッチが、牡肉にはこそばゆい。

「つ、ぅぅ……先、輩っ……」

「あ、ご、ごめんっ！　えっと……これぐらいの撫で方でも、男子って痛い？」

「違います……俺、くすぐったくてっ……」

頑健さと裏腹に、あらゆる刺激に弱いペニスだ。いっしょに照れも高まって、歩武は自分の性器を、どうしても見下ろせなかった。

「だったら……わたし、もっと強めにしてみるね？」

そう言った直後には、優花の力加減が押しつける程度に強まった。あとは指で鈴口を軽く打ち、玉袋を撫でる。カリ首の周囲もツツーッとなぞる。

好奇心の赴《おもむ》くままの愛撫は、少年の理性を否応なく揺さぶった。特に縁取られたカリ首は、官能神経が表まで出てきそうに痺れてしまう。

「ぁふ、どこも指触りが違ってて……ちょっと面白いかもっ……。ぁ……先のところはグニグニしてるけど……睾丸、っていうんだよね？　ここの中身はコリコリしてる……」

ただ、歩武は途中で気づいた。

優花はちょっと触れてから、すぐ他の場所へ移ってしまう。そのため、刺激がなかなか定着しない。

意識してしまうと、もどかしさはさらに高まった。

ついに歩武は我慢しきれなくなって、憧れの相手へ呼びかける。

「先輩……ごめんなさいっ。できればもっと……んっ、一つの場所へ、じっくりお願いできれ、ば……っ」

自分から求めることになるなんて、夢にも思っていなかった。

とはいえ、優花は素直に聞き入れてくれる。

「こう、かな？」

立ったままで右手首を捩り、肉幹の中ほどをしっかり握る。

五本の指を竿の中ほどへ絡みつかせ、手のひらも隙間なく密着させてきた。

途端に、お預け同然だった心地よさが、竿の広範囲を覆う。

「……どう？　芦田君？」

「あ、ふ、くっ……先輩っ、これなら気持ちいい……です！」

「あは、よかった……」

優花の手のひらが柔軟なのは、休憩中のやり取りでわかっていたが、敏感な場所を

弄《いじ》られれば、軽やかさが際立つ。しかも、

「……やり方に変なところがあったら教えてねっ？」

そう頼んだあと、優花はおもむろにペニスをしごきだした。

スピードは緩やか、スベスベしてると評したばかりの竿の薄皮を、スローペースで伸び縮みさせる。

歩武だってオナニーの経験ぐらいはあるが、異性からの手コキは、自分でやるのとまるで違った。ジュクジュクと浸透する緩やかな快感に、竿が蕩けそうになる。

先輩の顔も手コキも直視できないままだったが、少年は壁に寄りかかって、甘美な感触に陶然とさせられる。

「んっ、んっ、これぐらいなら痛くない……？」

「大丈夫です……っ。いえっ、気持ちよくなってきてます……！」

いちいち先輩が確認してくるのは、興奮混じりの息遣いと、痛みを我慢する呻《うめ》きを、まだ区別できないからだろう。

そのくせ、好奇心も旺盛だから、一つのやり方では満足しない。

「……これだとちょっと手を動かしにくいかな……」

そんなセリフと共に首を傾げる。

「え？　俺……十分、気持ちよくなってきてますけど……」

「ダメだよ、これは芦田君に自信を持ってもらうために、やってるんだからっ。妥協なんてなしっ」

そう言って、彼女は返事も待たずに床へ膝を落とした。

「うっ……ほらっ。これでやりやすくなった……っ」

声が上ずりかけたのは、ペニスと接近したからだろう。それでも剛直を右手でしっかり握り直し、愛撫の速度を上げてくる。

もはや往復はノンストップで、快感の方向も上へ下へと立て続けに入れ替わった。牡粘膜ははち切れんばかりに引っ張られていき、官能の刺激をギュウギュウに詰め込まれる。

次の瞬間には、昇ってきた指の縁がエラを直撃し、電流じみた疼きを破裂させる。

「んっ、近くで見ると……男の子のって、すごい形してるね……っ。ゴツゴツしてるし……先っちょなんて、女の子の中へ引っかかっちゃいそうだよ？」

先輩の実況はさっき以上に直接的だった。

それを聞かされながら、歩武は自分の我慢汁の水っぽい匂いをはっきり嗅ぎ取る。

となると、優花はもっと濃いものを至近距離から吸っているはずで――、

「わっ、今おち×ちんがビクッとしたよっ？」

少年の動揺は、如実《にょじつ》にペニスへ影響し、優花もそれを見逃さない。

「上の穴のところから、ヌルヌルしたのが漏れてきてるねっ……。……そっか。これで出っ張ってても、ちゃんと滑るようになるんだ……」

（ちょっとは自重してください、先輩……！）

興味が湧いたら、どんなことも試したがる——日頃は魅力的に思える優花の性格が、今は厄介だった。

ともかく鈴口からは、透明で、指との間に糸を引くほど粘っこい我慢汁が、大量に分泌されている。

優花はさらに呟いた。

「思い出した……。この透明なのを塗り広げるといいって、従姉のお姉さんに教えてもらってたんだ……」

その瞬間から、歩武の肉悦は跳ね上がる。

優花が右手で、鈴口周りを撫で繰りだしたのだ。細い指も、愛くるしい手のひらも、潤滑油を得て、自由自在に走りまわる。

ヌチャヌチャという下品な音が、用具室内で存分に奏でられた。

性感帯へ練り込まれる疼きも痛いほどで、摩擦熱まで伴《ともな》いはじめる。

歩武は腰が砕けそうだった。それを防ぐために踏ん張れば、腰が自然と前へ進む。

突き出されるペニスと、突っ込んできた右手。両方の動きがカッチリかみ合って、竿の皮を殊更に張り詰めさせた。

「ふぐっ!?」

少年の疼きはまた一段階アップして、優花のほうは催促されたと感じたらしい。

「んっ、芦田君もやる気になってきたんだね……っ?」

男根を押さえ直した先輩は、左手まで添えてきた。十指の先に力を込めて、ときには亀頭を凹ませて疼かせる。ときには竿を猛スピードでしごく。

しかも指の腹は、繊細な鈴口に連続して引っかかった。そのつど、疼痛じみた悩ましさが、隠れた尿道粘膜まで割り込んでくる。

「く、ぅうっ……先輩っ!」

歩武は全身に脂汗が滲み、もう自分の匂いを気にしている場合ではなかった。

尻肉を絞り、腿を突っ張らせなければ、手淫によって精液を引っ張り上げられてしまう。

それでいて、責める優花には、牡肉のピンチがわかっていなかった。

「どうかなっ……これで男の子として、ちょっとは自信つきそうっ？」

「それ、は……っ」

これではむしろ、いいように玩弄《がんろう》されて、マゾヒスティックな性癖を植えつけられかねなかった。

そんな歩武の曖昧な呻きに、優花は使命感を強めたらしい。

「ほら、まだなら頑張って！　ねっ、おち×ちん頑張れ、頑張れっ。いーっぱい、わたしが可愛がってあげるっ！」

彼女は大胆に愛撫のテンポを上げていった。尿道を外からたわませんばかりに、肉幹をしごく。猛烈な速度でエラの段差を踏み越え、亀頭もまた先走り汁で揉み洗いさながらだ。

そこから手のひらを急降下させれば、グチョグチョに濡れた怒張の表面も限界まで伸び、受け身の愉悦を少年の神経へ定着させる。

そんな行き来が、五回、十回、二十回。いや、思考が混濁した歩武には、正確な数なんて把握しきれない。

彼の頭を占めるのは、カリ首の裏返りそうな切迫感など、背徳的な喜悦ばかりだ。

尿道も緩みかけ、子種を通す準備に入っていた。

「せ、先輩っ……！　俺っ、もぉ無理ですっ、許してください……！　出るっ、出ますっ！」

半泣きで訴えるが、優花も慣れない行為で余裕を失っている。

「そんなこと言わないでっ、芦田くぅんっ！　せっかくだからあとちょっとっ、もうちょっと！　おち×ちん、こんなに逞しいんだからっ、自信持って！　ね、負けないでぇっ！」

頭に血が昇り、何のための応援だったかさえ忘れかけているようだ。

だが、先輩の要求となると、歩武は反射的に従ってしまう。

下半身に力を集め直し、ザーメンを肉幹の底へ封じつづけようと足掻《あが》いた。

「あ、ぐくぅううっ！」

もっとも、粘るのにも限界があるし、股間には危険なレベルの快楽が溜め込まれている。

ペニスも無理に伸び上がろうとするし、きっと射精の瞬間の反動は物凄い。

「せ、せんぱいぃ……俺、ぇ……っ、あ……頭、壊れそうで……ぅうう……」

この無様な泣き言で、やっと優花にも歩武の努力が伝わった。

「んっ、ごめんっ！　無理させちゃってたんだね！　芦田君、もう出していいよっ！

君の精液をっ、わたしの前で飛ばしてみせてっ！」

「う、いっ⁉」

一転してのGOサインに、歩武の我慢はあっけなく崩れた。彼は無意識に腰をバックさせ、本能的にグッと突き出す。

その神経が千切れる寸前のような疼きは、起爆剤として十分すぎた。

「出ますっ！　出ま、で、出るぅううっ⁉」

直後の勢いは並外れていて、ザーメンも砲弾さながら、狭い尿道と鈴口を突っ切っていく。外へ飛び出したあとは、白い弧を宙に描き、一メートル近くも離れた床にベチャベチャ落ちた。

それが数発、続けざまだ。

法悦の燃え盛り方は、まさに暴発と称するのがぴったりだった。子種だけでなく、意識まで体外へ吐き出してしまいそうだった。

やがて射精は終わったが、絶頂感は簡単には止まらなかった。

心臓はバクバクいうし、腿も勝手に痙攣してしまう。

ついに歩武は床にへたり込んだ。

「うあっ、ふ、うぅく……っ！　はぁっ、はぁっ、く、ぁぁあふ……！」

「……芦田君？　わたし、やりすぎちゃったの……？」

顎を浮かせて荒く呼吸する彼へ、優花がきまり悪そうに聞いてきた。

「あ……い、え……ぅう……」

返事したいのに、歩武は言葉が出ない。一方、剛直はそそり立ったままヒクついて、受けた快感の大きさを物語っていた。

「そうだっ。今ティッシュを持ってくるからっ……芦田君は休んでてっ？」

優花はアタフタ立ち上がり、用具室から走り出ていった。

その落ち着かなさは、やりすぎたことを恥じるかのようだった。


ほどなく優花が戻ってきて、ペニスに残る粘液をふき取ってくれた。さらに歩武が道着を着直している間に、床の掃除まで済ませてくれた。

ただ、後始末が終わると、二人の間の雰囲気は微妙になってしまう。

「ど、どうだったかな、わたしのやり方……」

「ええ、その……凄かったです……」

会話もソワソワ、あらぬ方を向きながら……。

当初の目的を達成できなかったことは、優花にもわかるようだ。彼女は申し訳なさそうな口調で、さらに聞いてくる。

「今のだと、わたしが一方的に芦田君のおち……んっ、君を一方的に追い詰めただけだよね……？」

「いえ……そんなこと、ないです……」

実のところ、歩武は感謝の念と、この場から逃げたい気持ちとが、半々だ。

当分は優花の前で平静を装えそうにない。

しかし、せめて今はこの気まずい空気をどうにかしたかった。だから礼を言う。

「先輩、俺のことをこんなに気にかけてくれて、ありがとうございます」

あとは用具室を出て、帰途について——と思っていたら、いきなり優花に手を握られた。

「待って！」

「え？　ええっ？　あ、先輩……？」

見下ろせば、さっきまで自分のペニスを握っていた憧れの人の手があった。

歩武は自然と顔に血が上り、優花も我へ返ったように慌てて離れた。

もっとも、優花は動揺を振り払うように、正面から一途な目線を注いでくる。

「最後にもう一個だけ、試させてっ！　今度は君からもやれる方法にするから！」

「え……？」

俺が？　先輩に？　いったい何を――？

歩武は思わず構えてしまう。

そこへ優花は踏み込むや、顔を両手で押さえてきた。

あとは目を閉じる間さえくれないまま、自分の唇で、後輩の唇をぴったり塞ぐ。

「んぐっ!?」

顔が近すぎて、歩武は彼女にピントを合わせられなかった。だが、温もりは刹那的に感じ取れた。

(俺が……俺が先輩とキスしてる!?)

もちろんファーストキスだ。

「ん、くぐ……？」

「ぁむっ、ふぅうんっ」

呆然となる後輩を現実へ呼び戻したがるかのように、優花はヌラつく舌まで差しのべてきた。

開きかけていた唇を、左から右へ丁寧になぞり、端まで行ったら方向転換をする。

思考が停止しても、歩武の粘膜は刺激をたっぷり吸収した。

——気持ちいい。

微かに引っかかるような感触が、痺れ混じりにくすぐったい。

「む……ふぁっ……」

一往復したあと、優花は顔を離した。そして、かすれ声で求めてくる。

「芦田君も舌を使って……？　さっきの分をやり返す気で、わたしの口を好きにしていいから……っ」

「え、あのっ……んんっ⁉」

よけいな質問は、二度目の口づけで中断だ。

先輩の舌はさらに積極的になり、口内へ潜り込んで、歩武の唇の裏をなぞった。歯茎まで念入りに舐ってきた。

このまま続けられたら、口内粘膜が飴玉のように溶けはじめそうだった。

(でも……！　先輩は俺にも動けって言ったんだ……っ)

歩武の舌は下顎の裏へ貼りつき、柔軟さを失っていた。

それを無理やり持ち上げる。あとは淫らに蠢く優花の軟体を、おずおずと撫で返してみた。

「ん、ぅうくっ……！」

稚拙《ちせつ》な動きだったが、濡れたざらつき同士を擦れ合わせると、心地よさが飛躍的に増す。

「んふぅっ……！」

優花も喉を鳴らし、歩武の舌へ狙いを集中させてきた。

その甘えるような声音に勇気をもらい、歩武は夢中で舌を操った。

いざ始めれば、先輩の唾液が甘露のように思えてくる。摩擦の快感も高まる。

やがて息苦しくなって、どちらからともなく唇を離した。

「ふ、ぁ……っ」

「ぷはっ」

やっと、優花の美貌へ瞳の焦点を合わせられるようになる。

こんな状況で見つめ合うなんて、ひたすら恥ずかしい。それでいて、充足感で胸がいっぱいだ。

「林先輩……」

名を呼べば、優花は後輩の唾液を飲み下すようにコクンと喉を鳴らし、

「芦田君の動き方、とっても頼もしかった……。大丈夫、君はきっと強くなれるよ……っ」

「は、はい……はいっ！」

先輩の励ましに、歩武はガクガク何度も頷く。

——秘密の練習は、こうして終わったのであった。

第二章　ランジェリー姿の先輩女子

優花に指導を受けた日の夜から、歩武は自分を変えようと足掻《あが》きだした。

手始めに自宅での筋トレ回数を増やし、翌日の部活でも試合形式の練習になるやいなや、後先考えずに相手へ打ちかかる。

「たぁあっ！　こてぇっ！」

優花は自信を持てと言った。だが、それが難しい。

だから、無謀とわかっている戦法をあえて採る。

体当たりするように鍔《つば》迫《ぜ》り合いをして、力を込めて相手を突き放したら、目につく場所を狙って竹刀を振り下ろす。

前へ。とにかく前へ。

たとえ隙だらけだろうと、後先考えずに突っ走れば、いずれ気持ちが追いつくかもしれない。

それに、今日の練習も男子と女子で合同だ。

優花が見ている以上、躊躇なんてしていられない。

「こてぇえっ！」

結果、三回に二回は、自分が有効打を食らってしまった。

（ううん、諦めるな、俺……！　先輩があそこまでやってくれたんだ！　しっかり応援に応えなきゃ！）

手コキやキスの衝撃も思い出しかけるが、歩武は声を張り上げて、雑念を蹴散らした。

「めぇえんっ！」

「どぉおうっ！」

スパーン！

またしても一撃を受けたのは、歩武のほうだ。

練習はこの調子で、日が沈むまで続けられたのだった。

気張りつづけた反動は、練習の終わりと同時に押し寄せてくる。

掃除当番が三十分かけて片付けを終えてもまだ、歩武は制服へ着替えられるほど回復できず、更衣室に一人で残った。

結果、今日も鍵を職員室へ戻す役を引き受ける羽目になって、予定外の回り道の末、トボトボと正門へ向かう。

(疲れた……。すごく……疲れた……)

身体的にも、精神的にも。

これで電車に乗ったら、立ったまま眠ってしまいそうだ。

しかし道路へ出る直前、不意に声をかけられた。

「お疲れ様、芦田君」

「は、林先輩っ!?」

歩武は瞬時に目が覚める。

ジャンプするように向き直れば、優花がブレザー姿で校門へ寄りかかっていた。

「遅かったね。あ、疲れて休んでた?」

「そ、そういうわけじゃ、ないですけど……っ」

「前も言ったけど、無理は禁物なんだよ? わたし、芦田君をボロボロにするために、昨日みたいなことをしたんじゃないから。って、これは学校の前でする話じゃないよね？　……歩こっか」

「ですね……」

辺りが暗く、優花の表情の細かいところまでは見えない。

ただ、呆れられているわけではなさそうで、歩武は安堵した。それで先輩と並び、歩道を歩きだす。

「俺なら問題ないです。頑張って、一日でも早く先輩の励ましに応えようって……それが俺の新しい目標なんです」

彼としては、ごく当たり前のことを言ったつもりだ。

なのに、優花は驚いたように声を大きくする。

「待って、それじゃ駄目だよっ」

「はい？」

「だって芦田君、何のために剣道を始めて、今まで続けてきたの？　わたしのためじゃないよねっ？」

「え……それは……っ」

反射的に、前の学校で剣道部へ入ったとき以来のことが、次々と思い出された。

自分が頑張ってきたのは、漫画のヒーローに憧れて、彼のように強くなりたかったから。

そして……なんだかんだで楽しかったから。

そこまで考えて、優花の言いたいことも、漠然とわかった……気がした。

歩武は大きく息を吐き、肩から強張りを抜く。

「つまり、部活はまず、自分のためにやらなきゃってことですか……？」

今度は優花も、笑顔で頷いてくれた。

「うん、それが絶対に一番！　あ、でも元はと言えば、わたしの押しつけが、君を混乱させせちゃったんだもんね……？」

「いえ、いえっ。先輩は悪くありませんっ。俺、親身になってもらえて嬉しかったんですっ。こ、これからもいっぱい指導してほしいです！」

途端に優花がモジモジしはじめる。

「あ……ええと、それって……昨日みたいなこと、またしたい……とか？」

おかげで歩武まで顔が火照った。

「ちがっ……そうじゃなくてっ！　あの、嫌じゃないんですっ。つまり、俺は……！」

「ぁ……うん。芦田君が構わないなら、今度はもっと無難な方法を試してみよっか？」

「……いいんですか？」

特別指導は一回きりだったはずだ。

しかし、優花はうっすらと頬を染めたまま、

「よければ次の日曜日、わたしの買い物へ付き合ってもらいたいな。二人きりで」

「……っ」

まるでデートのお誘いだ。

歩武は足を止めかけ、その面食らった顔を、優花は一転して不安そうに覗き込む。

「都合つかない？」

「大丈夫です！　俺、荷物持ちでも何でも頑張りますから……！」

「うーん、そういうことじゃないんだけど……」

優花は人差し指で、自分の頬を掻いた。だが、すぐ気を取り直したように笑う。

「まあ、いっか。じゃあ一日の予定を丸ごと空けておいてね？」

「はい！」

歩武は勢い余って、道路で直立不動になりかけた。

待ち合わせは日曜日の午前九時半、繁華街の駅前広場で、となった。

歩武はその十分前に到着し、優花もほどなく現れる。

今日の彼女の装いは、ボーダー柄のシャツとネイビーブルーのカーディガン。下にはカーキ色のスカートを穿き、頭には茶色のベレー帽だ。

トレードマークのポニーテールは、帽子の邪魔にならないよう、ふだんより低い位置で三つ編みに変えられて、それが服装の可憐さを際立たせた。

歩武は、先輩が活発な格好で現れると予想していた。

それが大きく外れた。

そもそも私服自体、今回が初見なのだ。驚きと新鮮さに、どうしても目を奪われてしまう。

しかし、長々と見つづけるのは、さすがに不躾《ぶしつけ》だった。優花は顔を赤らめながら、唇を尖らせる。

「で、き、れ、ば、感想を聞かせてほしいんだけどなー？」

ちょっと叱るような催促に、歩武も金縛りが解《と》ける。

「す、素敵です！　先輩、とっても綺麗です！」

捻りのない感想だが、ストレートではあった。

優花もソワソワしながら上目遣いとなり、

「ありがと……。芦田君も、その、かっこいいね……っ」

「うあっ……」

先輩から見た目を褒めてもらえるなんて、思っていなかった。

実は約束をした日の夜、ファッション誌を参考に、ネット通販で服を揃えたばかりなのだ。

とはいえ、小遣いをはたいた甲斐はあった。

出だしこそぎこちなかったものの、歩きはじめれば、優花は持ち前の行動力を発揮する。

「時間はたっぷりあるし、買い物前に映画館へ行こ？　わたし、前から気になってたのがあるんだよねっ」

天気は秋晴れ。

先輩には明るい日差しがよく似合った。

自動車も建物も次々吹っ飛ぶアクション映画を見終えると、昼食にちょうどいい時間となった。

しかし、飲食店はどこも満員で、軽く二十分は待たされそうだった。

そこで本来の目的の買い物を済ませることになったのだが……。

「これとこれ、芦田君はどっちがいいと思う……？」

尋ねてくる優花に、歩武は答えられなかった。

というのも、先輩が右手に持っていたのは、セクシーな赤い下着の上下だったからだ。

左手には、愛らしさが残る水色のブラジャーとショーツ。

優花が行きたがっていたのは、繁華街の一角にあるランジェリーショップだったのだ。

自分たちの他に客はいないものの、初心《うぶ》な歩武は、鳥肌が立つほど緊張してしまう。

出された下着をしっかり見ようものなら、それを着けた先輩まで想像させられるし、目を逸らせば、もっと色っぽいデザインの下着が目に入った。

店のお勧め品は、どれもスタイルのいいマネキンに着せられていて、いちだんと生々しい。

ただ、優花も恥ずかしいらしく、下着を掲げながら顔が朱に染まっている。

おそらく今回も、友人か従姉に入れ知恵されたのだろう。

（でも……これって俺に勇気を持たせるためなんだよね……）

いっそ、あてずっぽうでどちらか指させばいいのかもしれないが、適当な真似はできないという思いもある。

やがて待ちきれなくなったように、優花が可愛く頬を膨らませた。

「選んでくれないなら、実際に着てみるしかないよね？」

「す、すみません。俺、こういうのはぜんぜん詳しくなくて……」

干上がった喉でそれだけ言うと、優花は少し睨んでから、更衣スペースへ飛び込んだ。

シャッと音を立てて、カーテンが閉ざされる。

それで歩武は少しだけ気が楽になり、息を吐いた。

が、すぐに気づく。布一枚隔てた向こうで今、先輩が服を脱ぎはじめたはずなのだ。

着替えるのが下着となると、まずは一糸まとわぬ姿にならなければいけない。

モゾモゾとカーテンが揺れている気がして、歩武は慌ててそっぽを向く。

（先輩、どうしてここまでしてくれるんだろう……）

剣道の練習だけならともかく、手コキにキス、デートさながらの映画鑑賞やショッピングまで。

本屋で吐いた失言も大きいのだろうが、それだけでここまではしてくれないはずだ。

(やっぱり、面倒見のよさを暴走させてるのかなぁ?)

親切なうえ、行動力がすごい人だから、ありえる話だった。

しかしこの先、他の男子部員を相手に同じ突っ走り方をしたら、きっと変な期待をされてしまう。

(だ、駄目だよ!)

優花が自分以外の誰かと用具室へ入る場面を想像して、歩武は全身の血が沸騰しそうだった。

でも、これは嫉妬心じゃない。絶対に違う。

(うん、俺は先輩が心配なんだ……っ)

歩武が言い訳混じりに頷いたところで、ちょうど優花が顔だけを覗かせる。

もう確認できたのだろうか……と思いきや、彼女は和風の綺麗な顔を、さっき以上に紅潮させていた。

「こ、今度こそ、感想を聞かせてもらうからねっ?」

言い放つや、パッとカーテンを開く。

「いっ!?」

一瞬のちには閉め直されたものの、歩武ははっきり見てしまった。

優花が身に着けていたのは、布面積の極端に少ない赤いランジェリーだ。

守るものがレース地で半透明のカップだけだと、バストは制服時より大きく見えた。

迫力満点で、さながら二つ並んだビーチボールのようだ。

それでいてビニール製品と違い、クリームみたいに柔らかそうだった。透けるような白さの肌を指で押せば、たやすくたわむのだろうと、童貞でもはっきりわかる。

「どう、かな……？」

優花が小声で聞いてきた。

しかし、歩武は対応できない。生まれて初めて見るグラマラスな肢体が、脳内で再生されつづけてしまう。

「ね……芦田君？」

特大のブラジャーと対照的に、ショーツは極小で、股間回りを隠すのがやっとだ。

だから、長い脚は根元から露だった。剣道で瞬発力を養われた太腿は、なだらかな曲線を描きつつ、健康的に引き締まる。

そしてブラとショーツの間の腰回りだ。綺麗にくびれながらも、筋肉質な硬さはあまり目立たない。描かれる流麗なラインの真ん中で、お臍までが完璧に近い形で窪んでいた。

「もうっ、芦田君っ」

「はいっ!?」

強めに声をかけられて、やっと歩武は正気へ戻れた。

直後に気づく。今度こそ、優花へ己《おのれ》の無防備さを知ってもらわねばならない。

「と、とても似合ってました！　でも、先輩は男子へ気軽に接しすぎですっ。部長だからってここまでしていたら、きっと勘違いする部員が出てきますっ」

気後《おく》れする自分を胸中で叱咤し、言葉を紡ぐ。

なのに、聞き終えた優花は、あからさまに眉を吊り上げた。顔を真っ赤にしながら、燃えるような気迫を発散し、

「……芦田君っ、こっち来てっ、早く！」

手をカーテンの奥から突き出して、歩武を更衣スペースへ引っ張り込む。カーテンの留め金もすばやくかけ直す。

不意打ちだったため、歩武はとっさに抗《あらが》えなかった。

「うわっ、わっ？　せんぱ……むぐっ!?」

悲鳴をあげようとした口は、もう片方の手でふさがれる。

あたかも優花に後ろから抱きつかれる恰好だ。

さすがに基礎的な腕力では負けていないはずだから、無理にもがけば振りほどけただろう。

しかし、歩武は意識がフリーズしている。

目の前の鏡に映る自分の身体の陰からは、優花の顔とむき出しの手足、肩の一部が垣間《かいま》見えた。

それに背中へは、軟質なブラのカップが押しつけられる。

優花のバストは少年の想像を超えて柔らかく、衣服越しにムニュッと潰れていた。

ここで身じろぎすれば、変形しつつ背中を撫でてくるだろう。

もっとも優花はそうなる前に拘束を緩めて、後輩を自分のほうへ振り返らせる。

「あ、うっ……」

リアルな肢体が、歩武の目の前に迫った。

距離が近すぎるため、腰回りから下はほとんど見えない。だが、ストラップがかかる色っぽい肩なら、バッチリ見える。

細くて、華奢で、剣道が強いなんてとても信じられない。

だが、それ以上に歩武の意識を捉えたのは、怒りを湛《たた》えた目力だった。

「こんな恥ずかしいこと、相手構わずやるわけないでしょ！　鈍感っ！」

いちおう、声を潜めてはいるが、かなり厳しい口調だ。

「じゃあ、どうして俺にここまで……」

「っ！　わ、わたしからは絶対に教えてあげない！　君が考えて、正しい答えを見つけなさい！」

「あ……すみま、せんっ……」

「何でもかんでも謝らないの！」

訳もわからないまま、歩武が頭を下げかけると、優花はますます不機嫌になった。

彼女は腰に手を当て、下着姿にもかかわらず仁王立ちだ。羞恥心すら忘れかけている。

「やっぱり、芦田君には荒療治が必要なんだねっ。わたし、もう容赦しないから！」

そう言い放つや、飛びつくようにキスしてきた。

「むくっ⁉」

用具室でやったのとは違い、とことん勢い任せだ。舌も使わず、顔の一点をただ押し当てる。

対する歩武は頭が真っ白なまま、唇の瑞々《みずみず》しさを感じるゆとりすらない。

息の詰まりそうな時が、何秒も過ぎていった。

やがて優花は身を引き、その場に膝をつく。顔の高さを、歩武の股間にグッと近づける。

「わたし、君を応援するためなら、どんな恥ずかしいことだってやれちゃうんだよ……っ。その意味、ちゃんとわかってよ！」

言いながら、歩武のベルトへ手をかけた。ぎこちない手つきだが、バックルを自分のほうへ引っ張るようにして、有無を言わせず外してしまう。

歩武はようやくしゃべれるようになったが、残念ながら、オロオロするばかりだった。

「ま、まずいです……先輩っ、お客さんは他にいなかったですけど、店の人に見つかったら……！」

「大丈夫！　ここの店長は前に話した従姉がやってるのっ。最悪でも半殺しで許してもらえるから！」

「ぜんぜん大丈夫じゃないですよ……！」

小声で言い合う間にも、優花は手を使いつづけ、後輩のズボンを足首へ下ろしてしまった。

「ひぅっ!?」

下半身が涼しくなって、歩武はみっともなく呻《うめ》く。

いかに手コキを経験したあとでも、ランジェリーショップで脱がされるなんて、アブノーマルすぎた。

よりにもよって、外との境界が布一枚しかない、こんな場所で。

なのに、優花は「えいっ」と喉を鳴らし、トランクスまで膝の高さへとズラす。

今日、歩武が着ている服の丈は、着物よりだいぶ短く、ペニスはあっけなく外へさらけ出された。

優花もひどい無理をしているはずだ。現に肩まで真っ赤で、華やかな下着と肌の色が混じり合ってしまいそうになる。

それでも意地を張るように、彼女は右手の五本の指を、小指から順にペニスへ巻きつけてくる。

「う、ううっ！」

十月の空気のためか、今日も手はヒンヤリしていた。その冷たさに急所を包まれて、歩武は背筋をヒュッと伸ばす。

一方、ペニスは縮むどころか、先輩の手の内で膨らみかけていた。

用具室のときより、反応が早い。優花にもそれは見抜かれる。

「わ、もう大きくなってきてる……？　み、見られそうな場所でするほうが、芦田君は好きなの!?」

「違いますってば……っ」

歩武は強張《こわば》った首を横へ振った。

だが、実は否定しきれない。

用具室に続いて更衣スペースと、どちらも不特定多数の存在を意識させられる場所だ。

勃起までの間が速まっているのは、変な性癖に目覚める前触れかもしれない。

ともあれ理性を裏切って、ペニスは膨張しつづけた。

竿は太くて長くなり、それに押された亀頭も、優花の手からはみ出しながら、キノコのように傘を広げる。

「……わ、わわっ……もう握りきれなくなっちゃった……」

熱で浮かされたように、優花が息を吐く。

それから歩武を見上げてきた。

「芦田君、始めるね？　君がイッても周りを汚さないようにしなきゃだから……今日はこうやって……んぁあっ」

艶っぽい声が途中で切れたのは、グロテスクなペニスへ美貌が寄せられ、唇も大きく開かれたからだ。

歩武が対応できないうちに、優花は特大ペニスの上半分を、愛らしい口腔へ含んでしまった。

おかげで牡粘膜の周囲へ、温められた湿り気が充満する。

しかも、唇は巾着《きんちゃく》さながら、竿の中ほどですぼめられた。

「あむっ」

しっとりした感触が、張り詰めた男根を四方から押さえつける、さらに狭《せば》まる頬が亀頭の側面を挟み、浮き上がった舌のザラつきは、敏感な裏筋を圧しはじめた。

ほんの一瞬で、皮膚のけば立つような悩ましさが、ペニスを埋め尽くす。表面だけでなく、内側へも切なさが行き渡った。

「くぅうっ!?」

歩武は腰を後ろへ引こうとする。だが、剣道で間合いを取り慣れている優花は、上半身を前へのめらせて、頬張ったペニスを逃さない。

むしろ二人分の動きによって、口腔粘膜と牡粘膜は、苛烈に擦れ合った。

唇も肉竿をしごくように前進し、舌は裏筋を蕩かすように小突き上げる。

早くも危険域に入りかけていた歩武の痺れが、また一足飛びに強まった。

「は、うぅうぅっ！」

歩武はすんでのところで、喘ぎを飲み込む。

ここはランジェリーショップの一角なのだ。いつ、誰が、近くを通るかわからない。

しかし、優花は後輩の我慢をやわらげるように、唾液で濡れた舌を、横へ滑らせた。

ズルッと大きな振れ幅に、衝撃が腰の裏まで鋭く抜ける。

「んぃいっ⁉」

意識を引きずられるように歩武が見下ろせば、優花と怒張の不釣り合いさに、胸を射抜かれた。

端正な唇は竿の形に歪められていたし、ゴツゴツした肉幹や陰毛が滑らかな肌の近くにあるのも、おそろしく冒瀆的な眺めだ。

さらに優花のバストの大きさを、改めて思い知った。膨らみの根元は顔の陰に隠れがちなものの、平均を上回るボリュームゆえに、ブラジャーのカップで包まれた乳頭回りは前へ突き出る。

優花は目を閉じていたが、もしもここで上目遣いでも向けられようものなら、きっと歩武は呼吸困難に陥ってしまっただろう。

「先輩……駄目、です……これは、駄目ですっ……」

押し殺した声で懇願する。

だが、優花はさらに舌を走らせた。濡れた軟体の表面に並ぶザラつきが、裏筋も亀頭も直撃する。

「く、ぅううっ!?」

それに優花は、舐めるだけで済まさない。

かろうじて愛くるしい雰囲気を残す三つ編みを揺らし、顔を前後へ動かしはじめた。

「んっ！　ふぷっ、むっ、むっ、くふっ！」

触れるだけでも快感を生む口内粘膜が、密着する男根を磨くのだ。一往復どころか、片道ごとに、痺れが弾ける。

吸盤みたいにあてがわれた唇も、竿の表皮とカリ首を休みなく伸縮させた。質感を持つ往復と相まって、こちらはまるで快感をくみ上げるポンプみたいだ。

しかも同じリズムで、くぐもった呻きまで聞かせられる。

「うぁふっ……んっんんっ……んぅうっ！」

先輩の声音《こわね》は泣き出す間際のようでもあって、歩武は責められはじめられた側なのに、奉仕させている気分も高まってしまう。

「あ、ぅぅうっ……先輩っ……俺……俺はっ……んくぅ！」

もう説得する余裕さえ持てない。

歩武は眉間に皺を寄せ、唇も固く引き結び、震えそうな両脚で踏ん張った。

だが、いくら息もうと、鈴口はトロトロと我慢汁を滲ませて、自身も周りの粘膜もヌメらせだしている。

「ひぅむっ、ぁ、おっ、んんんっ！」

卑猥なヌルつきなのに、優花は嫌がるそぶりを見せなかった。むしろ手コキを応用してか、生き物さながらに舌を波打たせ、粘液を亀頭に塗りたくる。その分、摩擦のテンポは上昇し、舌は牡を痺れさせるための器官となり果てた。

「先輩……ぅっ、先、輩っ……！」

「んんぅっ……おひんひんっ、へぇんなあじ……ぃっ！」

などと言いながらも、優花は唾液と混ぜた我慢汁を迷わず嚥下《えんげ》してくれる。のみならず、ヌメりの追加をせがむように、鈴口を舌の先端で捏ねくった。

「んぇえおっ……れろれろっ、ぢゅぷっ、じゅるるっ！」

甘え上手《じょうず》の子猫がミルクを味わうように、舌先でノック、ノック、ノックする。

「先輩っ……そこは……くっ、やりすぎると……んんぅうっ⁉」

歩武は怒張がゆだってしまいそうだった。

おかげで先走り汁も、何回こそぎ取られようと、栓が壊れたみたいに溢れつづける。

その量たるや、優花が飲み込みきれないほどだった。

「んぷっ、んぢゅっ、ぅあむっ……ふぅうんっ！」

粘液の一部は、美貌の往復によって、外へ掻き出されていて、縮こまった唇を下品に汚す。顎を伝って特大の乳房にも垂れている。

性臭だって、カーテンで区切られた空間内を、じっとり侵しだしていた。下着や更衣室を汚さないために口でやる、という理由付けが、今やほとんど意味をなさない濃密さだ。

「ふむっ……ひぅむっ、はむっ……んぅうむぅうっ！」

ほどなく、優花はペニスの根元へ添えていた右手でも、しごく動きを始めてしまう。

ときにはフェラチオと同じ方向へ手のひらを使って、唇の愛撫を補った。

あるいは無関係にスナップを利かせて、肉幹下部の伸縮を派手にする。

「あ、ぅうっ⁉」

亀頭やエラも玩具のようにひしゃげ、そこをさらに舌で転がされた。

男性器の内外で、許容範囲を超える愉悦が荒れ狂う。

歩武の強張り方から、上手《うま》くいっているとわかったのだろう。優花は左手まで浮かせて、後輩の腰やら太腿やらを撫でだした。

指の蠢き方は、まるで獲物を弄ぶ五匹の小さな白蛇だ。

彼女は絶妙なタッチをみるみる会得して、感じやすくなった後輩の肌を好き放題に粟立たせた。

「んっ、どぉ……？　こぇで……おひんひん以外も……きもひぃい？」

「はぅうっ！　くっ……」

「ひゃんとおしぇてっ、よぉっ！」

「くっ、はいっ……はぃいっ……気持ちいい、ですっ！」

進退窮まった少年の返答に、優花はますます調子づいた。

「あふっ！」

含み笑いと似た声を吐き出すと、上半身をくねらせ、フェラチオの角度へ変化をつけはじめる。

エラの右側面を重点的に擦って疼かせた直後には、左側面へみっちり舌を押し当てながら、遠慮なしの逆走をする。

ザラつきにやられっぱなしの亀頭は、牡粘膜がふやけんばかりだったし、無遠慮に捻られた竿部分の髄も、尿道の神経が捩れそうだった。

「先輩っ……そ、そのやり方、だと……っ、俺っ、保《も》たなくなっちゃい、ます……！」

歩武はかすれ声で白状した。

竿の根元へは、ごまかしきれない量の精液が集まっている。しゃべる間にも腰がカクッと折れかける。

それは直前で息んで堪《こら》えたが、腿の筋肉を固めつづけているため、何かのきっかけ一つで、ザーメンを押し上げる引き金へ変わりかねない。

「あ、くうっ！」

焦りで息が詰まり、額に大粒の汗が浮く。

「本当に……もう危ないんです……！」

とうとう体勢を保《たも》ちきれなくなって、歩武は両手を優花の頭の上へ置いた。しかし、研ぎ澄まされた神経には、サラサラした髪との摩擦までが心地よい。

「ぅはうっ！　先輩ぃっ！」

「ふ……うぅうんっ！」

理由はどうあれ、後輩から自発的に触れてきたのが、優花は嬉しかったらしい。ペニスを頬張れるだけ頬張ったところで、急にピストンを止めた。そして肉幹をストローに見立てて、淫らこのうえない吸引をしはじめる。

「んじゅずずっ！　ぅぢゅじゅずずずううううっ！」

男根内に留まっている我慢汁を強制的に啜るのだ。むしろ、彼女の本命はスペルマかもしれない。

バキュームに集中する唇はいっそう突き出されて、頬もめいっぱい寄せられた。とても剣道部のエースとは思えない顔つきで、何に似ているかといえば、ひょっとこの面だ。

だが、そこに滑稽さはない。ひたすら煽情的だった。

「あ、ぐっ、くぅうっ!?」

歩武も、尿道が裏返る寸前まで、急所を追いつめられた気分となる。

砕ける寸前だった下半身も、先輩のほうへグッと押し出された。

「んぐぶっ!?」

思いがけない反撃に喉の奥まで抉《えぐ》られて、反射的に身を引きかける優花だったが、逃げかけたのは一瞬だけだ。引いた動きは、直後にピストンへと変わる。

後先考えないバキュームをそのままに、破廉恥な律動が再開された。

肉幹と唇の間で、空気をグポッグポッと鳴り響かせながら、優花は覚えたばかりのテクニックを使いまくる。

顎を傾け、手を揺すり、舌ものたうたせて、ペニスを徹底的に弄んだ。

だから、歩武を苛《さいな》む快感も、ここまでのすべてを掻き集めたように強烈だった。

揉みくちゃにされたエラと亀頭は、へばりつく唇が後退するたび、根こそぎ持っていかれそうになる。

股間だけでなく、頭の中でも随喜の火花が散っている。

半面、肉竿部分は雄々しく反りかえって、優花の美貌を斜めに釣り上げかけていた。

「出、ます……！　出る！　せ、先輩ぃっ、俺、イ、イクぅ……ぅうっ!?」

優花も汁まみれの唇をモゴモゴと不格好に使って、後輩へ答える。

「んぶっ！　ぷふっ……こ、このままくちに出ひへぇえっ！　そのひゃめにっ、おひんひんっ、くわぇへっ、んんっ、咥えてるんあからぁふっ！」

「はいっ……ぃいうっ！」

歩武はもはや、ことの道理など考えられなかった。止めてもらおうと一生懸命だったのが、遠い昔のことのようだ。

彼は残った力を腰に込め、本能の赴《おもむ》くままに、肉棒を突き出した。

「出ますっ！　俺っ、先輩の口の中に……だ、出しま、す……ぅうっ！」

亀頭を口蓋へぶつければ、そこにも魅惑的な弾力がある。ヌルヌルしたドームの天井が、パンク寸前の牡粘膜を押し返してきた。

「で、出るぅううっ！」

喘ぎで下腹も決定的に固まって、子種の群れを押し上げた。

ザーメンは尿道を制圧するや、鈴口をひっくり返すようにこじ開ける。外へ上がる勢いときたら、まるで噴水同然だ。

「んぶふぅううっ!?」

優花も、喉を塞がれる立場へ堕してしまう。

彼女はピストンへストップをかけ、咽《むせ》るのを堪えだした。

その間に遠慮なく、二発目、三発目の精液がビュクッビュクッと食道内へ迸る。

「んんぅうっ！　ひぐっ、ぅうふぅううぷっ！」

優花は窒息寸前になりながら、歩武の浅ましい吐精を受け入れつづけた。

そして、ペニスの脈動が止まるのを待って、ゆっくり顔を引く。

「んぶっ、ぁ、あぇおぉお……っ」

粘液で濡れ光る男根が、ズルズルと外へ出てきた。

あとは鈴口まで現れたところで、ばね仕掛けの道具さながら、ビンッと天井を仰ぐ。

跳ね飛ばされたザーメンは優花の鼻にくっつき、唇との間で糸を引いた分も、粘り気たっぷりに切れて、顎へ引っかかった。

「ん……んっ……んくっ！」

優花は舌へ残っていたスペルマを持て余すように、唇へ手をあてがう。だが、意を決したように上を向くと、目をつぶってゴクンッと塊《かたまり》のまま、飲み下してくれた。

それからゆっくり瞼を上げて、歩武に小さく笑いかけてくる。

「あはっ……苦い、ね……？」

「せ、先輩……！」

歩武はその場へ膝をつき、優花と目線を合わせた。

照れている場合ではない。

頭の中はグチャグチャだが、今すぐ先輩に何かを言わなければ……。

だがそれより先に、カーテンの留め金の外れる音がした。

「えっ!?」

頭を巡らせれば、外から入り込んできた手が見えた。

次いで、シャッとカーテンが全開になる。

歩武は一瞬、慄《おのの》きで意識が途絶えかけた。

それでもどうにか見上げれば、二十代半ばぐらいの女性が、笑顔を引き攣らせながら立っている。

「お二人さん、もう終わったかしら？」

「あ、あかり姉《ねえ》!?」

声を裏返らせたのは優花だ。

（ということは……この人が、何度か話に出てきた先輩の従姉……!?）

ともかく女性からは、さっきの優花以上の怒気が発散されている。

冗談抜きで、半殺しにされそうだった。

幸い、優花の従姉――新条《しんじょう》あかりというそうだ――が、鉄拳制裁に及ぶことはなかった。

ただし、歩武と優花は硬い床で正座させられ、延々とお説教の時間となった。

「……確かに私、特別なシチュエーションで迫るのは、男子をその気にさせるのにいい手かもって教えたわよ？　でも、これはやりすぎでしょっ。私が途中でお店を休憩中にしなければ、今頃大変なことになってたのよっ。はい、聞いてますか？　エロっ子の優花さん！」

「ぅう、ごめんなさい……」

二人で並んで項垂《うなだ》れること三十分はたっただろうか。

それでようやく、あかりもため息混じりに許してくれた。

「いいわ。今回だけは、叔母さんたちへの報告をしないでおいてあげる」

そのセリフに、優花だけでなく、歩武も力が抜けた。

「すみませんでした……」

謝りながら顔を上げ、ようやくあかりの顔を見られようになる。

血縁関係があるとはいえ、彼女は優花とあまり似ていなかった。

切れ長の瞳に長いまつげ、やや厚めの唇と、いかにも〝妖艶な美女〟だ。

緩やかにウェーブがかかる長い髪も、明るい茶色へ染められている。

ただ、バストの大きさだけは、鏡写しのように従妹と共通していた。

そのあかりが、最後に釘を刺してくる。

「覚えておいて。もしもまた似たことをやったら、そのときは一生モノのお仕置きをしてあげる」

「そ、それ……どんなこと？」

優花が恐るおそる聞けば、断固たる口調が返ってきた。

「全部録画して、目線もモザイクも入れずにネットへ流出させるから」

「も、もう二度としません！」

歩武たちは心底震え上がって、誓いを立てた。

ちなみに優花が着ていた赤いランジェリーは、盛大に汚してしまったために、買い取りとなった。


「あー……最後の最後で、酷い目にあっちゃったねー」

食事するゆとりもないままの帰り道で、主犯格の優花が同意を求めてきた。

しかし、歩武は胸が高鳴ったまま、即答できないでいた。

先輩の下着姿と、フェラチオの気持ちよさ。どちらも彼女を見返すと、ほんの数秒前の出来事のように、記憶がフラッシュバックする。

「そう、ですね……」

上ずった声でなんとか返事をすれば、優花の態度も虚勢だったらしく、すぐ神妙な面持ちとなった。

「……ごめん。芦田君は悪くないよね。今日もわたしが後先考えずに突っ走っただけで」

「い、いえっ……。俺だって、無抵抗で流されてたわけですから……っ」

言葉を選びながら、歩武はフォローを入れる。

と、優花は真顔で、互いの距離を半歩分に詰めてきた。

「じゃあ……場所さえ選べば、またわたしとしてもいいって思う？」

「え？」

「芦田君に勇気を持ってもらうって目的、達成できてないもんね……？」

それで歩武も思い出した。本日フェラチオが始まったそもそもの発端は、自分が何かよけいなことを口走ったからだ。

思わず足を止めかければ、少しだけ先行した優花が、おもむろに振り返る。

「わたしね、反省はしたけれど、後悔はしてないよ？　場所さえ選べば、すぐにでも続きをしたいって思ってる」

その迷いない声色《こわいろ》に、歩武は目をしばたたかせた。

ケダモノのように盛ったあとだから、自分と先輩は不釣り合い、なんて彼の卑屈な思いはだいぶ薄れている。

そこへ優花が重ねて聞いてきた。

「わたしの家、夜中まで誰もいないんだけど……さっきの続きをしにこない？　あ、本番は今回もなしがいいんだけどねっ？」

「……っ」

一拍置いたあと、小さく頷いた。


林家は、竜ヶ園学院から駅一つ分離れたところに建つ一戸建てで、両親と優花の三人暮らしらしい。

優花の部屋は、その二階へ上がった廊下の突き当りにあった。

（ここが……先輩の部屋なんだ……）

室内に通され、カーペット上のクッションに座りつつ、歩武は自分の鼓動の音がうるさくて堪らなかった。

優花は今、シャワーを浴びに下へ行っている。

それを黙って待つシチュエーションは、歩武には刺激が強すぎだ。失礼とわかっていても、目があちこち彷徨《さまよ》ってしまう。

室内は綺麗に整頓されている一方、生活感もはっきり感じ取れた。

カーテンは淡いピンク色で、家具は明るいホワイトと、そこはかとなく少女趣味だ。

隅には、オシャレに活躍する大きい鏡も置かれている。

中サイズの本棚では、初々《ういうい》しい純愛系と、血沸き肉躍る冒険ものの漫画が、シリーズごとに分けられつつも混在していた。

(本当に……こんな成り行きでエッチなことを続けちゃっていいの、かな……)

さっきは勢いで頷いたものの、一人でいると迷ってしまう。

あれほどあかりに怒られたばかりだし、先輩との関係だって曖昧なままなのに。

とはいえ、さっきの射精を思い返せば、ズボンの中でペニスが膨らんだ。

「ううっ……」

どっちつかずな己《おのれ》を情けなく思いながら、歩武は何度も尻の位置を直し、ズボンからの圧迫を和らげる。

そこへやっと優花が戻ってきた。

「お待たせ、芦田君」

ガチャリとドアを開けた彼女は、グラマラスな身体にバスタオルを巻きつけただけの際どい格好だ。瑞々しい肌は湯上がりの湿り気を残しながら、艶めかしい朱に色づいている。

ストレートに下ろされた長い黒髪も、いつも以上の光沢を帯びていた。

「せ、先輩……」

歩武の中で、欲望と罪悪感と心細さが同時に高まり、混乱を悪化させる。

自分が次の瞬間にどう動くかすら、彼は予測しきれなかった。

現に、気づけば腰を浮かせかけている。

その鼻先を横切って、優花はベッドの端へ腰かけた。

角度を変えた脚に押されて、バスタオルの端が持ち上がる。

「う、あ……」

一瞬、歩武はタオルの陰へ目を凝らしそうになり、急いでブレーキをかけた。

タオルがかぶさるのは、腿の中ほどまでだ。床のクッションの上からだと、奥まで見えてしまいそうだ。

(俺……前の特別練習のときより、ずっと図々しくなってる……)

そう、はっきりと自覚した。

その前で、優花ははにかみ混じりに笑う。

「わたし、自分の部屋で男子と一対一になるなんて、これが初めてだよ……。それでこの格好って……すごいことだよね？」

冗談めかしつつ、彼女も落ち着かなさげだ。

会話はそこで途切れかけ、しかし沈黙に耐えられなかったらしく、優花はもう一度口を開いた。

「……その、始めよっか？」

「は……はひっ」

弾かれるように歩武は膝立ちとなった。

直後に焦りすぎたと反省したが、前かがみで止まるのは、もっと情けない。

結局、気を奮い立たせて、優花の隣へ座る。

近くから先輩の顔色を窺えば、彼女も俯きがちに見返してきた。

「今度はわたし……芦田君のほうから触ってきてほしいかも。……まだ、そういうのは難しそう？」

「えっ？」

二連続で愛撫をされる側だったから、急にすべてを委《ゆだ》ねられるなんて予想外だった。

しかし、ここで失望の顔なんて見たくない。

歩武は懸命に見栄を張り、首をガクガクと縦に振った。

「や、やりますっ。やれますとも！」

そこからもっと何か言おうとして、瞬間的に悟る。
（ああ……俺って、先輩にずっと『認めて』ほしかったのかも……っ）
それは「励ましに応えたい」のと、似ているようで違う。
褒められたい。
評価されたい。
他の誰とも違う存在と思ってほしい。
あくまで自分本位の感情だ。
特別なこの場面で、俗っぽい心根を見極めると、不思議と自己嫌悪が薄れた。
「どうしたの、芦田君？」
口を開きかけたところで固まる少年に、優花が首を傾《かし》げる。
「いえ、何でもありません！」
歩武は心の中で気合を入れた。
今、自分はやれると言いきったのだ。だったら、行けるところまで行くほかない。
（よし……！）
本番がアウトなのだから、優花と同じで手と口を使うことになる。
頭の中で行為のイメージを構築しながら、歩武は優花のバスタオルへ手をかけた。

「脱がせます……ね？」

「うん……」

控えめにうなずくのを待って、合わせ目を慎重に外す。

優花も微かに両腕を浮かせてくれたため、ふんわりした布地はスローモーションのように、ベッドへ落ちた。

まだ昼の明るさも残るなか、瑞々しい裸身がさらけ出される。

中でも存在感があるのは、やはり大きなバストだった。

膨らみはブラジャーなしでも綺麗な曲線を描き、特に下半分が球形に近い。そこから谷間へかけて、三日月のような影を二つ並べて描いている。

とはいえ、色白の表面は壊れ物さながらに柔らかそうで、間違っても爪なんて立てられなかった。

頂《いただき》を飾るピンク色の乳輪は、前に歩武がこっそり見たいくつかのヌードグラビアと比べても整った形で、真円に近い。

一方で乳首は小さくて、緊張でツンと上向くのも、どこか背伸びしているみたいだった。

「……っ、綺麗です……。俺、こんな言い方しかできませんけど、本当に……綺麗ですっ」

セリフ自体は平凡だが、今度は求められるより前に言えた。

「あ……ありがと……っ」

優花の肌もいちだんと血の気を増す。

そこから目線を下ろしていけば、端正なウエストの括れを過ぎて、秘所へ行き着いた。

(これが先輩の……)

というより、女性の股間部を見ることが、歩武は初めてだった。

日頃から手入れしているのか、それとも今回のために準備してくれたのか、優花の陰毛は綺麗に剃り取られている。肌の艶やかさもあって、いかにもツルツルした見た目だ。

半面、健康的に締まった太腿が左右からピッチリ寄せられているせいで、女性器はほとんど見えなかった。

「次は……どうするの?」

優花が消え入りそうな声で聞いてくる。

「は、はいっ……次は……っ」

歩武も中断しかけていた脳内シミュレートを再開し、想い人の肩に手を掛けた。できる限り優しく押して、ベッドへ横たわってもらう。

「ん……っ」

優花が仰向けになれば、濡れたロングヘアがシーツに黒く広がった。

バストも平たくひしゃげたが、たわわな丸っこさは十分に残る。まるで食べきれない量のプリンみたい——そう感じながら見下ろすと、可憐に尖る乳首も少しサクランボと似ていた。

しかも姿勢が変わった拍子に、両脚が開きかける。その幅は肩より狭いほどだったものの、女性器を露出させるには十分だ。

大陰唇は周りといっしょの澄んだ肌色で、緩やかに曲線を描く。その合わせ目から、薄い小陰唇が顔を出していた。

どちらも伸縮性はありそうだが、滾《たぎ》るペニスの入り口としてはあまりに小さい。カリの直径まで開くなんて思えない。

もっとも、触れてもいないうちから、小陰唇は湿りかけていた。

たぶん、優花が昂っているせいだ。

歩武も勇気づけられ、まず左のバストへ右手の指先で触れてみる。

力はほとんど入れない。

にもかかわらず、膨らみの端はムニッとひしゃげ、少年の神経へ、湯上がりの温もりと、底なしに思われる包容力、さらに相反する表面の弾力が伝わってきた。

「んあ……芦田くぅん……」

「……っ！」

優花に呼ばれて、歩武は十指を拡げる。愛おしい丸みを、左右いっぺんに捕まえた途端、手のひらまで蠱惑的な感触に満たされた。

巨乳の柔らかさたるや、指の末梢神経と溶け合ってしまいそうになる。

歩武もあっという間に、心地よさの虜となった。

そこからたくし上げるように揉めば、丸みはグニッと反対側へ傾く。根元へ指を巻きつければ、天井を目指すように伸びあがる。

弄《いじ》るがままに、いやらしい変形は続いた。

乳首もいっそうしこってくる。歪む乳肉に下から押され、今にも転がり落ちそうだ。

そして歩武にとって、何より嬉しいのが、優花の反応だった。

「あ……んんっ……芦田君の手、優しくて……いい、かも……っ」

先輩はうっとり目を閉じて、未熟な愛撫を受け入れてくれる。息もどんどん上がってきているし、身じろぎの頻度は増える一方だ。

（もっと……やってみていいのかな……？）

歩武は試しに乳首を摘まんでみた。

ゴム球のような弾力を感じ取ったその瞬間、優花も「はぅんっ！」と派手にわなないた。

眉根を寄せて、顎を浮かせかけ、ただし痛がっているわけではなさそうだ。

だから歩武も、押さえた小さな突起を指の腹で転がす。

右へ、左へ、また右へ。

乳首はコリコリとした指触りで、すこぶる捻りやすかった。

どんどん執拗さを増す愛撫によって、優花の声にも困惑が滲む。

「そ、そこっ、変だよぉ……は、ぅうっ？　わたしっ、ぃ、いつもよりビリビリしちゃってるのぉ……！」

それを歩武は聞き逃せなかった。

「先輩、そんなに自分で弄ってるんですかっ？」

反射的に尋ねれば、優花はシーツの上で首をあらぬほうへ曲げる。

「馬鹿……ぁ！　変なこと、聞かないでぇ……！」

「ぁう、すみません……っ」

だが、歩武は謝りつつも、優花に自慰の経験があるのだと直感した。

それに上手くいっていると思えば、行動的にもなれる。

彼は指の力を強めて、硬い突起を歪ませた。のみならず、スイッチを扱うように横へ傾け、軽く爪の先で引っ掻いてみる。

乳首は指を離した瞬間、元の形へ戻った。そこをまた摘まめば、優花は呻きを殺しきれない。

「ふぁうっ？　やっぱり……おかしいよっ！　変な感じがっ、んぅっ、つ、強くなっちゃうぅぅっ！」

「じゃ、じゃあっ……こういうのはどうですかっ!?」

歩武は自分の背中を押す気で、上半身を前へ倒した。視界を巨乳の白さで占められながら、向かって右側の乳輪を唇でついばみ、舌でも卑猥に縁取る。

口を使えば、汗のしょっぱさがわかった。ほのかでありながら、牡の本能へ働きかけてくる味だ。

何より、優花の反応に魅せられる。

「ん、ふぅうっ！　変だけど……っ！　でも……止めちゃ、ダメぇっ！」

彼女は声を吐き出しながら、両手を歩武の後頭部に載せてきた。今までが今までだったため、後輩が途中で及び腰になるのを押し留《とど》めたかったのかもしれない。

しかし、歩武に中断する意思などない。鼻まで柔肉に塞がれた息苦しさにも、性欲を掻き立てられる。

彼は夢中で舌を操りつづけた。愛らしい乳首を唾液まみれにしていった。

もう片方の突起も、指でつねりつづける。

時には優花からの圧迫に抗《あらが》って、息継ぎのために顔を浮かせた。そこから口を戻せば、ご馳走へかぶりつくような動き方になる。

「んむっ、んんうっ！」

「ふぁっ？　やぁんっ！　芦田くぅんっ……わ、わたしぃっ、胸だけでぇ……っ、すごくドキドキできちゃうよぉっ！」

「んんっ！」

歩武は歓喜に唸った。と同時に「胸だけ」というセリフで、他の場所が手つかずなことに思い至る。

先輩にもっと自分を認めてほしい。

だから、後頭部への圧迫に逆らって、顔を巨乳からずらした。乳首への愛撫は両手のみに限定し、引き締まったお腹へ舌を伸ばす。浮いていた先輩の汗をこすり取り、代わりに唾液を拡げた。フェラチオのお返しのつもりで、広範囲を舌のザラつきで摩擦する。

「や、やぁあっ、芦田くぅんっ！　変な感じがっ、これじゃ……ぁふっ！　身体中へ広がっちゃうぅ！」

優花の嬌声に耳を傾けながら、窪んだお臍を何度も縁取った。脇腹も念入りにくすぐり回した。

舌の微細な凹凸へは、濡れた肌のほうからも引っかかってくるようで、自分までこそばゆくなる。

そこに牡の本能を煽られて、歩武は知らず知らずのうちに、荒い鼻息を裸身へ当てていた。

フン、フン、フン、フン、という嗅ぐような空気の流れで、わななく女体をなぞる。微かに残る湯の匂いまでが、もはや発情の源だった。

ついには唇が、優花の股間へ辿り着く。

本来なら、気後れする場所だ。

しかし、歩武の頭には血が昇りきっていた。

（ここにもしますから――！）

心の中でだけ優花へ告げて、彼は秘所へむしゃぶりつく。

真っ先に感じたのは、愛液のヌルつきと、汗以上に濃いしょっぱさだった。それに甘酸っぱいような牝の匂い。

シーツまで濡らすほど、秘所は多量の愛液を分泌しだしていた。

それに愛液は、舌へ絡みついたら、もう離れない。触覚も味覚も嗅覚も浸食し、初々《ういうい》しい少年に眩暈《めまい》を覚えさせる。

「んっ、くむううんっ！」

割れ目全体の柔らかさにも、歩武は心を奪われた。

乳房と張り合うように、大陰唇はグニュッとひしゃげ、挟み込む小陰唇まで綻ばせる。しかも、こちらには先へ通じる奥行きがあるのだ。内に籠った熱の点でも、完全にバストに勝っていた。

サイズが極小だから、肉棒や指はまだ難しいだろう。しかし軟質の舌なら、中まで割り込ませられるかもしれない。

「ん、むっ」

火が点《つ》いた歩武は迷わない。ヌルヌルの泉へダイブするように、舌先を深みへ潜り込ませた。

途端に、思った以上の体温で舌を蒸されてしまった。

張りのある小陰唇も、左右から寄って、卑猥な異物を捕まえようとしはじめる。

もっともヴァギナの歓迎ぶりと裏腹に、当の優花は呻《うめ》き声をあげていた。

「ひうぅっ？　く、はぅううっ！」

太腿もふだんの瞬発力が嘘のように引き攣って、肢体をずり上がらせようとした。

続けていいか、もう一回聞いてみるべきかも……？

歩武は逡巡しかけるが、あまり慎重でも水を差してしまいそう。

そこであえて従順さを封じ、小陰唇の奥で火照っていた粘膜の壁まで、舌の凹凸で嬲った。

「んくぅあっ？　ひうっ、きひゃうぅんっ!?」

判断が正しかったかはまだわからない。だが、膣口周りをねぶられた優花の反応は、今日一番のあられもなさだ。

堰《せ》き止めていたよがり声を解き放ち、踵《かかと》をベッドにめり込ませる。両手は歩武の頭を抱きつづけ、逆に腰はシーツから浮き上がらせた。

結果、割れ目は優花のほうから唇へ押しつけられる。

「む、ぐくっ!?」

歩武は蜜の匂いで鼻孔を占められた。

いや、この反応なら、きっと嫌がられてはいないはず。

そう判断したあとは、触れる場所すべて感じさせるつもりで、舌を暴れさせた。

奥の粘膜を撫でながら、押しのけた小陰唇も上下になぞる。

捏ねても、捏ねても、割れ目は元に戻ろうとする。だから舌戯と問答無用でぶつかり合った。摺りつぶされた愛液の音も、グチュグチュ、ヌチュヌチュと大きくなっていく。

歩武はだんだん、膣口の具体的な位置がわかってきた。

さらに奥へ行けそうな窪みに、舌が何度も沈みかけるのだ。

とはいえ穿ってみれば、窪みは広げる傍から縮こまった。

「やうっ、やっ、やっ、やんうっ？　こんなの知らないよぉっ！　初めてっ……だよぉおっ!?」

優花も盛大に腰をうねらせて、顔面を揺さぶられた歩武は、目が回ってしまう。

だが先輩の混乱は、自分が更衣スペースで感じたのと近い、快感混じりのもののようだ。

少年は両手を先輩のヒップへ移した。捻じ曲げた指で女体をがっちりホールドし、唇と陰唇をさらに密着させる。愛液で滑りそうなのを踏みこたえれば、もはや空気すら通さない。

そうして、自身がペニスへされたように、女性器を容赦なく啜り上げた。

「んぶじゅずっ！　ずぞぞぉおぅっ！」

下品極まりない水音を響かせて、陰唇と膣口粘膜を、逆流する空気の流れで愛撫する。

ひょっとしたら膣口が捲れてしまうのではないか、そんな懸念すら浮かんだものの、吸引を止める気にはなれなかった。

優花も歩武の頭から手をどけない。悲鳴混じりに悶えつつも、恥ずかしい責めを甘んじて受けつづける。

「んふぁああっ？　ひぃいいっ、ぃひぃいあっ？　そんなに吸われちゃったらっ！　わたしのそこがっ、んぱっ、馬鹿になっちゃうううっ!?」

こうなったら、徹底的にやりたい。

歩武はペニスをしごかれた動きも再現したくて、ここまで遠慮してきた舌の抜き差しを始めた。

突っ込むときには、膣口の裏まで責め立てる。

入り口近辺の時点ですでに秘洞は窮屈だから、小さな異物も情熱的に締めてきた。

しかも、中では肉壁が濡れながら脈打っている。

歩武は操る舌が疼いてしまい、まるで消化される一歩手前の心地だ。

こんな場所へ男根を入れたらどうなってしまうのか――肉欲や期待のみならず、空恐ろしさまで覚える。

とはいえ、舌を下げるときも気後れはない。むしろ、すがりついてくる膣口を引っ張り上げんばかりに、猛スピードで走らせた。

「んぶっ、むっ、ふぐくっ！」

「ひううっ？　んううっ？　きゃうぅうんっ！」

優花の声をBGMに、抜いては挿《さ》すを繰り返す。舌は指やペニスより短いが、代わりに連続で往復できた。

優花も入口より中のほうが、感じるらしい。

「くひっ？　ひぃいっ！　あひぃいいんっ！」

泣きじゃくるような声は、大事な場所を好き勝手されるマゾヒズムに目覚めたかのようで、手コキやフェラチオをしてきたときとは別人だ。

「芦田君のベロがっ……い、今っ……わたしの中までっ入っちゃってるんっだよねぇっ？　ひうっ！　やぅうっ？　んあぁはんっ！　いっぱいいぃっ、擦れちゃってるぅうっ！」

歩武の頭の上で、健康美溢れる肢体はきっと汗だくだろう。

それを見ることのできないもどかしさも燃料にして、歩武は舌戯と指戯のペースをまた上げた。

ヌチュヌチュッ、ズルズルッ。吸い上げた愛液を嚥下する時間すら惜しく、彼の唇はびしょ濡れになっている。

下を向きっぱなしだから、頭にも血が昇る。

それでも頑張りつづけた甲斐があって、優花のよがり声はクライマックスさながらとなっていた。

「芦田くぅうんっ！　わたしの身体ッ、もぉグチャグチャなのぉおおっ！　やっ、んぁあっ？　何かっ、変な感じが来てるのぉおっ！　やうっ、はぁあんっ、わたしにっ……何が起こっちゃってるのぉおぉっ!?」

「んっ、むうぅうっ！」

思わず、歩武は身震いした。

優花はまだわかっていないようだが、本当に絶頂のときが迫っているらしい。童貞で、しかもやられっぱなしだった少年からすれば、憧れの人をイカせられるなんて大金星だ。

勇んだ彼は、さらに愛撫へのめり込む。

「ん、くぅうぷっ！　ふぐっ！　んぶふっ！　くぁうううむっ！」

下顎を突き出して、さらに舌を膣奥へ潜らせた。

顔ごと左右へ揺さぶって、ピストンに角度を持たせる。上下の膣壁もハイペースで抉って、ちょっとでも優花の反応がよさそうだと思えたら、それをしつこく繰り返す。

「ふぁぁあっ！　や、やはぁあっ!?」

試みは成功らしく、優花をますますオルガスムスの近くへ追いやれた。

窮屈に思われた膣壁も、多少はほぐれてきている。その蠢き方は貪欲《どんよく》で、歩武は舌の表も裏も、無差別に揉み返された。愉悦は蕩けるようで、彼まで絶頂へ行き着きかねない。

事実、ズボンの中では、ペニスが苦しいほど痺れている。

こうなったら、トランクスを汚す前に、優花には達してほしい。

「んぐっ、ぶ、ぷっ、んふむぅううっ！」

男根へかかる刺激を少しでも減らすため、歩武は尻を高く上げる。身体を前へ丸めれば、ズボンの布地も少しだけ緩む。

その分、上半身は優花へつんのめった。

優花も錯乱同然ながら、自分に何が起こりかけているか、わかってきたようだ。

「芦田くぅうんっ！　お、お願いっ、このまま続けてぇっ！　これっ、きっとイク直前だからぁっ！　わたしが初めてイク相手はっ……君になってほしいのぉおっ！」

歩武の口を濡れた割れ目で塞ぎつつ、ふしだらにねだってくる。

「は……ぃっ！」

感極まった歩武は、潜れる一番深い場所まで舌を進ませた。そこで抜き差しを止め、ラストスパートのバイブレーションを開始する。

獲物の巣へ飛び込んだ猛獣さながら、グチョグチョ暴れ、ヌチュヌチュ騒いだ。届くすべての襞へ、ありったけの肉悦を注ぎ込んだ。

ついでに風船を膨らませるように息まで吹き込み、優花の蜜をブチュブチュ泡立てる。湧き起こる音たるや、吸引時を超えてはしたない。

「んはぁああっ？　き、ひぃいんっ！　うぁああ芦田君の舌ぁあっ？　すごいっ、すごいよぉおおっ!?」

優花ものけ反りながら、手足を硬直させた。

秘洞はあられもなく縮こまり、迸《ほとばし》るよがり声はひときわ甲高い。

「やっ、くぅうはぁああっ！　んあっ、はぅうううんふぅうううっ！」

ビクンッ、ビクビクッ！　ビクゥウッ！

歩武が望んだとおりの絶頂へ行き着いたのだと、顔面に伝わる痙攣が物語っていた。

やった、俺にもやれた！

かつてない体験で、歩武は胸がはち切れそうだ。

とはいえ童貞の身だと、やめるタイミングを摑めなかった。極度に狭まった膣肉を、彼はなおも擦ってしまう。

それが優花に余韻へ浸ることを許さない。

「やっ……はっ……ぉふんっ？　あ、芦田くぅんっ？　止ま、ってくれないのぉ……あぉふっ!?」

剣道部きっての美人部長は、官能の高みへ中途半端に上げられたまま、危なっかしく喉を鳴らしつづけるのだった。

「うーん……うーん、一方的に責められるのって……なんていうか、すっごいねー……」

——事後。

ベッドの真ん中で半身を起こした優花は、裸身をシーツで隠しながら、肩を上下させつづけていた。

とはいえ立ち直りも早く、赤らんだ目元には、悪戯っぽい笑みが見え隠れした。

一方、ベッドの端へ腰かける歩武は、彼女のほうへ振り返りつつも、表情をじっくり見られない。

「俺……上手くやれてましたか？」

心配になって聞くと、優花が裸の肩をもたせかけてきた。

「ほらぁっ、ここでへたれないでっ。わたし、びっくりするぐらい感じちゃったから……安心していいよ？」

「は、はいっ……」

歩武は慌てて背中を伸ばした。自然に首の向きが変わり、優花と反対のほうを見るかたちになってしまうが、思いきって礼を言う。

「あの、今日もありがとうございました。先輩のおかげで、俺、ちょっとは自信を持てそうです……っ」

「本当にそう思う？」

「はいっ」

言葉にすると、ますます実現できる気がしてきた。

だが、そこへ優花は、冷や水を浴びせるようなことを告げてくる。

「なら、特別練習も終わりで大丈夫ってことだよね？」

「……えっ⁉」

図太くなった歩武にとって、ショックな一言だった。

それが厚かましいと自覚する余裕すら、すぐには持てない。

「だって芦田君、ちゃんと前進できたんでしょう？　これ以上過激なことは……恋人じゃなくちゃダメだよ、うん」

優花の口調は諭《さと》すようだ。それが胸に染み入ると、歩武も少し冷静になれた。

そうだ、先輩の言い分が正しい。

自分だって、ランジェリーショップでは同じように考えていたのだ。

そこへ優花が念を押すように繰り返してくる。

「そうだよ。恋人同士でなくちゃっ」

「え……？」

「私のほうから君へは、絶対に告白しないよ？」

これで歩武にも、優花の言いたいことがわかった。

恋人同士になれば今の続きだって断然ありだと、先輩はそう告げてきている。

しかし、気持ちを伝え合うのまでリードされっぱなしでは、本屋での失敗を挽回できない。対等の恋愛関係になんて、絶対なれないだろう。

（……先へ進むためには、俺のほうからも動かなきゃ……！）

先輩はそのチャンスを作ってくれた。

自分のどこをそんなに気に入ってくれたのか、という謎は残っているが、それは両想いとなれたときに聞けばいい。

歩武は返事に力を込めた。

「俺も同感です。恋人同士じゃなきゃ、ダメですよっ」

「じゃあ、君はどんな告白が素敵だと思う？」

優花から、肩越しに顔を覗き込まれる。

まるで告白の予行演習を求められたみたいだった。

歩武も頭を働かせ、急いで答えを捻り出す。

「自信を持てと応援されたあとなら、何かの成果を出せたときが、ベストじゃないでしょうか」

「ふんふん」

「たとえば、試合でずっと負けっぱなしだった後輩が、先輩の前で立派に勝ってみせるとか……！」

「あ、それいいっ。かっこいいよっ」

優花が拍手せんばかりに、たわわなバストを押し付けてくる。

「そういう熱いの、君に見せてもらえる……かな？」

「はいっ！　もちろんです……！」

少年は断言した。

「先輩には、真正面の特等席から見てもらいたいです！」

自分がここまでキザなセリフを吐けるなんて、数分前まで想像すらできなかった。

先輩の向こう見ずな激励は、確かに効いたのだ。

告白を成功させよう。

歩武は新たな目標を噛みしめながら、腿の上で拳を握った。

第三章　処女の熱い粘膜

林先輩に気持ちを伝える。

そう決めたものの、十月には定期試験もあった。

赤点の学生は補修と追試で、部活への参加を、一定期間、禁じられてしまう。これは絶対に避けねばならない事態だ。

というわけでしばらくの間、歩武は恋愛から距離を置いて、勉強漬けの日々を送った。

必死に努力したためだろう。無事にテストを切り抜けた爽快感は、前期よりもずっと大きかった。

そうして週が明けた月曜の昼休み、歩武は悪友の蓮司と向かい合って、学食でカレーをパクついていた。

「テストが終わったら、次は学園祭か。忙《せわ》しないよな」

極薄のトンカツをスプーンで口に運びつつ、蓮司が苦笑交じりにぼやく。

「だよねぇ」

歩武も、グラスの水で口内の辛さを和らげてから、同意した。

竜ヶ園の学園祭は、毎年、秋に開催される。

具体的な準備はもう少し経ってからだが、その前に出し物を決めて、実行委員会へ提出する。歩武と蓮司のクラスも、午後のホームルームで内容を相談することになっている。

「……落語研究会は寄席をするんだっけ？」

「おうよ。俺は一年生だし、前座しか任せてもらえないけどな。剣道部は予定、決まってるのか？」

「うん」

歩武は頷いた。何をやるかは、テストが終わった日のミーティングで教えられている。

「毎年、剣道部は一般公開でトーナメント式の試合を行うんだって。部員は全員参加で」

「そりゃずいぶんと硬派だな」

「でもないよ。一口三百円で、優勝者と準優勝者を当てた人に、学園祭限定の食券をプレゼントするそうだから」

途端に蓮司が呆れ顔となった。

「いいのか、公然とギャンブルなんかやって」

「数代前の生徒会長が、面白いってOKしたのが始まりらしいよ。それからトーナメントは、急に人気イベントになったみたい」

「おおう、フリーダムだ」

蓮司はオーバーアクションで天井を仰ぎ、続けてニヤリと笑った。

「じゃあ、俺は林先輩に賭けとこう。一番の安全パイだろ？」

「確かにね」

歩武も笑い返す。

だが内心、大いに燃えていた。

優花へ告白するチャンスが、さっそく巡ってきたのだ。

それに恋愛絡みを抜きとしても、試合で勝つことが前からの目標だった。

加えて、トーナメントにはもう一つ、開催理由がある。

「この結果で、交流試合のメンバーが決まるらしいんだ」

「お、なんだ？　交流試合？」

「うん。やっぱり毎年の恒例行事なんだけど――」

これもミーティングで知ったばかりだが、竜ヶ園学院の剣道部には、長年のライバルがいるという。

それは駅三つ隔てたところにある、仙波学園の剣道部。

「部長はみんな、代替わりのときに『絶対勝て』って申し送りされるそうだよ。で、去年までの戦績は、十九勝二十敗」

「イーブンへ戻すためには、林先輩たちが踏ん張らなきゃってことか」

もっともらしく唸る蓮司を見ながら、歩武は優花の態度を思い返す。

表向き、先輩はふだんどおりに振る舞っていた。しかしミーティング後、ＳＮＳで個人的なメッセージを送ってきている。

〈仙波学園には、前の交流試合で勝てなかった強敵がいるんだよね。全国大会でも直接対決はできなかったし、わたしにとって、一年越しのおっきな壁って感じなんだ〉

文面からは、重圧よりも、やる気が伝わってきた。

そんな彼女の力となるには、自分も選手へ選ばれるのが一番だろう。

「せめて一勝」などというささやかなことはもはや言っていられなかった。

肝心の組み合わせは、来週、くじ引きで決まる。

(頑張るぞ……!)

意気込みのまま、歩武は辛いカレーをかき込んだ。


そして、くじ引きがあった日の夜——。

歩武は自室のベッドで呻いていた。

(どうしてこうなるんだよ……)

歩武が引いた紙は「6番」で、一回戦の相手となったのは、よりにもよって「5番」の優花だった。

自分のくじ運のなさが恨めしい。

そうやって何度も寝返りを打って過ごしていると、枕元でスマホが鳴りだした。

文字ではなく、音声の着信を告げる音だ。

(……誰?)

無視しようかとも思ったが、律儀な性格では難しい。

仕方なくスマホを手に取った。

「あ」

画面に表示されていたのは、優花の名前と写真だった。

慌ててベッドから跳ね起きて、受話器のマークをタップする。

「も、もしもしっ⁉」

無駄に勢い込む声で、優花も戸惑ったらしい。

『こんばんは。芦田君……、今、時間は大丈夫？』

「大丈夫です！」

若干引き気味の問いにも、大声を返してしまった。

が、今度は優花に微笑む気配がある。

『よかった。わたし、芦田君に言っておきたいことがあったから』

「……なんですか……？」

身構えると、いきなり謝られた。

『……ごめんね。わたし、学園祭では君と本気で戦うよ』

「えっ？」

『だって、部長としての責任があるし、ライバルとの勝負は逃せないし……何より、君と剣道するときは、手加減しちゃいけないって思うから』

その口調は誠実そのものだ。

たぶん、先輩もくじの結果は不本意だったのだろう。

おかげで歩武は、落ち込んだ心境から抜け出せた。

むしろ、気力が蘇《よみがえ》る。

「先輩、ありがとうございます。連絡をもらえて、俺、嬉しいです」

『そう……？』

「はいっ。俺だって、先輩に勝つつもりでぶつかります！　よろしくお願いします！」

柄《がら》にもなく格好をつけた。

次の瞬間、優花が息を飲む。

ひょっとして、生意気すぎたか。

さっそく怯みかける歩武だが、直後、はしゃいだ声が耳に飛び込んできた。

『困ったっ。すごく困っちゃったよ、わたし！』

「……どうしてですか？」

『今言ったのは全部本気なのにねっ、単なる一女子としては、君の告白が待ち遠しくてしょうがないっ！』

　これは、どう答えるべきだろう。

『芦田君、ひょっとして呆れてる⁉』

「や、そんなことないですよっ」

　しかし、優花は『ふんだっ』と鼻を鳴らす。

『いいよいいよっ。わたしこそ絶対に勝っちゃうからねっ。おやすみ、芦田君っ。また明日！』

「は……お、おやすみなさい」

　通話は始まりと同じで、唐突に終わった。

　歩武はしばし目を閉じる。

（俺も困ったかもしれません……）

　喜怒哀楽のはっきりした先輩が可愛くて、両想いと確定したわけでもないのに、胸がときめいてしまう。

　ともあれ、当日は勝利を目指して、全力でぶつかろう。

（……俺、頑張りますから！）

　電話の声が贈り物だったような想いで、歩武はスマホを胸に抱いた。

間もなく学園祭の準備に入り、急に毎日が目まぐるしくなった。

そしていよいよ当日、トーナメントの始まりだ。

一試合目、二試合目と問題なく終わり、歩武たちの番が来た。

「めぇぇんっ！」

「つあうっ!?」

奮戦むなしく、歩武は優花に負けた。

負けてしまったのだ。

制限時間ギリギリまで粘ったものの、最後は誰の目にも明らかな一本負けだった。


「ううう……」

翌々日、歩武は自室でベッドから起きられずにいた。

学園祭の片付けは昨日で終わって、本来なら、今日は代休でのんびりできるはずだった。なのに、身体と頭がジワジワ重い。

体調不良は教室の掃除をしていた昨日がピークで、蓮司たちクラスメイトに早く帰るよう言われてしまった。

身体を壊した原因は明らかだ。

優花に負けたあと、火照る頭を冷やすために、家で水のシャワーを浴びつづけたのがまずい。

（馬鹿だ、俺……）

後悔と共に、試合内容を幾度となく振り返る。

優花とはかなりの接戦で、今までの戦績を考えれば、大躍進だった。顧問からも男子部長からも褒められた。

つまり、前に優花から告げられたことは正しかったのだ。

——自分なら強くなれるって信じるだけで、きっと大化けできる！

しかしそれゆえに、具体的な結果を出せなかった反省も大きい。

あそこであぁ動けば。もう半歩踏み込んでいれば……。

そんなことばかり考えてしまう。

「……ふぅ……」

歩武は手の甲を額へ当てた。

負けてこんなに無念なのは、我ながらずいぶんと久しぶりだ。

そのときだった。

インターホンの鳴る音が、歩武の部屋まで聞こえてきた。

現在、家族は全員出かけており、残っているのは歩武だけだった。

——ピンポーン。

さらに十秒ほど置いて、三度目のチャイムが鳴る。

(やれやれ……)

落ち込んでいるとはいえ、居留守を使うのは後ろめたく、歩武はベッドを、さらに部屋を出て、玄関へ向かった。

たぶん、近所の誰かが来たのだろう。

そう思って、髪を手櫛で整えただけで、玄関のドアを開ける。

「や、やっほー？」

「え……先輩っ!?」

戸口にいたのは、手にケーキの箱とコンビニの袋を持つ優花だった。

着込んだ薄いコートの裾からは、プリーツの入ったスカートが半分ほど覗く。

「あー……昨日、君のクラスへ様子を見に行ったら、風邪で早めに帰ったって渡嘉敷君に教えてもらえて。で、お見舞いに来たんだけど……具合はどう？」

彼女もトーナメントの結果が気にかかるのか、素振りが落ち着かない。

ともあれ急な来訪に、歩武はドギマギさせられる。

インターホンのモニターを確かめておくべきだった。来たのが先輩とわかっていれば、もっとまともな格好で出たのに……。

しかし、後悔先に立たずだ。

「た、大したことはないですから、明日は学校へ行けると思います……」

「そっか。うん、安心した」

優花は少しだけ、人の好い笑顔を見せた。

それにつられて、歩武もとっさに尋ねる。

「……あの、せっかく来てくれたんですし、上がっていきませんか？」

直後、留守番中の家へ女子を迎え入れようという大胆さに、自分でも驚いた。だが、土産まで持って来てもらった以上、玄関で帰すのはやっぱり気が引ける。

優花も申し出を快く受けてくれた。

「いいの？　じゃあ、お邪魔しまーすっ」

いそいそと入ってくる彼女を中へ通し、歩武は後ろ手にドアを閉めた。

優花を連れて自室へ戻った歩武は、彼女に椅子を勧めつつ、台所へ飲み物を取りに行こうとした。

しかし、すぐ引き留められる。

「わたし、ジュースを買ってきてるから」

というわけで、彼はペットボトルを受け取り、ベッドの縁へ腰かけた。

蓋を開けて中身を飲めば、風邪で乾燥していた喉が、冷えた甘味に癒される。

「大した症状じゃなくて、ほんとよかった」

口元を綻ばせる優花に、歩武は苦笑いを見せた。

「蓮司が大げさに言っただけですってば。本当は熱だってないんです」

「だったら、ケーキは自分で食べられる？　『あーん』てしなくて平気？」

「だ、大丈夫です！」

「あー、そこはちょっと残念かも」

会話にそこはかとなく芝居っぽさが混じるのは、重要な試合で勝った側と負けた側だからだろう。

さらに歩武は、室内の様子も気になった。

日頃から整頓しているものの、本棚に並ぶちょっとエッチなラブコメ漫画や、ケースに入ったプラモデルが、どうにも気恥ずかしい。

しかも優花はコートを脱いで、クリーム色のセーターと、チェック模様のスカートという可憐な佇《たたず》まいだ。

上は伸縮性のある生地がバストの豊満さを浮き上がらせ、下は脚線美に黒のニーソックスがぴっちり貼りついている。スカートとソックスの間から覗く太腿の白さも、病み上がりの目には眩しい。

（って、そうじゃなくて……！）

歩武は意を決して、口を開いた。やはり、こちらから切り出したほうがいいだろう。

「先輩……一昨日は全力で戦ってくれて、ありがとうございました」

併せて頭を下げると、脳内のモヤモヤも少し晴れた。

対照的に、優花は緊張を隠せなくなったようだ。

「……えっと、芦田君、まだ告白を諦めたりしないよね？」

「もちろんです！」

歩武は驚きと照れで早口になった。

「先輩こそ、見届ける気がなくなったなんて……言いませんよねっ？」

「言わないよっ」

優花も大声を返してくる。そこで不意に肩を落とし、

「ただ……君の顔を見ないでいると、悪い想像ばっかりしちゃって……」

彼女の手が、か細く見えてきて、歩武は無性に握りたくなった。それは自重したものの、身を乗り出して宣言する。

「俺、必ず告白します！」

「！」

優花の視線が、パッと上げられた。歩武をマジマジと見つめつつ、頬が次第に赤くなる。

「あの、先輩……？」

潤んだ眼差しで見られるのが悩ましくて、歩武はソワソワ座り直した。

一方、優花は後輩の些細な仕草で誘われたように、腰を浮かせてくる。

「わたし……君にまた何かしたくなっちゃった、かも……」

「え……？」

こんなふうに言われたら、歩武だって〝男女の何か〟を期待してしまう。だが、早とちりかもしれない。

「……特別練習の話じゃないですよね？　もう過激なことはしないって話でしたし……」

予防線を張るように聞くと、優花の目つきはいよいよ熱っぽくなる。

「わたし、『これ以上の過激なこと』はしないって言ったんだよ。だから……前回より軽いレベルならノーカンだよ……。芦田君の症状も軽いんだし……特別なお見舞い、やっちゃっていいよね？」

直後、彼女の身のこなしが速まる。

反論を封じるようにもたれかかってきて、唇へのソフトなキスと続く。

艶めかしい吐息で、耳朶までくすぐりだした。

「はふぅ……んんっ、芦田君っ……」

「ん、む……先輩……っ」

もはや歩武も抗《あらが》えず、先輩の肩へ両手を回していた。

キスのあと、いったん身を離した優花が提案してきたのは、シックスナインだった。

歩武が仰向けになり、上で優花が百八十度反対を向く四つん這いになる。そうやって、互いの性器を愛撫し合うのだ。

すでに歩武が穿いていたパジャマのズボンは、トランクスごと床へ落ちていた。

優花もセーターとシャツ、それにスカートを脱いで、椅子の背もたれに掛けている。

彼女が穿いていたショーツは、薄いオレンジ色だ。脚の付け根と腰の周りに小さなレースが付いて、前回の赤いランジェリーよりずっと愛らしい。たぶん、こっちが本来の好みなのだろう。

とはいえ歩武の顔の両脇には、ニーソックスでうっすら蒸れた美脚が、膝をつくかたちで置かれる。股間も発情の匂いを纏《まと》い、目の前へ迫っていた。肉感的なエロスには、下着の清純さなど、容易に掻き消されてしまう。

それに歩武も左手を挙げて、布地のラインを歪めるように、クロッチ部分を脇へどけていた。

だから、女性器は剝き出しになっている。下の口に喩えられる淫らな形を、男子の前にさらけ出す。

前回は夢中でむしゃぶりついたから、観察なんてあまりできなかった。

しかし、今は秘所が目の前にある。

大陰唇は少々厚ぼったいものの、いっさい日に焼けてない肌色で、いかにも繊細そうだった。緩やかな曲線は、乳房の一部を縮小したように瑞々しく、簡単に傷つきそうなのも同じ。

一方、間からはみ出す小陰唇は、愛撫を待ち焦がれるように、赤く充血していた。

こちらが宿すのは、脆さ、はしたなさという、常識的には対立しそうな魅力だ。

歩武はその縁を、右手の指先で慎重になぞってみた。刹那、末梢神経に煽情的な火照りを感じる。

「……林先輩のここ……すごく熱いですっ……」

まるで、優花のほうが風邪を引いているみたい。

現に急所を弄られた彼女は、そそり立つペニスの上で、息を荒くしていた。

「うんっ……わたしっ、ちょっと撫でられるだけでジンジンしちゃうよ……っ」

その色っぽい声に誘われて、歩武は合わせ目を撫でる。

「わっ……」

少し力を入れるだけで、指をパックリ挟まれた。まるで小さな二つの舌が、好奇心たっぷりに舐《ねぶ》ってくるようだ。

そこには愛液が浮きはじめ、弾力もあるために、意外と指を動かしやすかった。

もしかしたら、先輩は座って話をしているときから、密かに興奮していたのかもしれない。

ともあれ、歩武は上から下へ、下から上へ、指紋の凹凸を擦りつけるつもりで愛撫を往復させる。

前回の経験も踏まえ、進行ペースは何度も変えた。途中で速めて、遅くして、ときには深い場所に指の腹をめり込ませて円運動させる。そして膣口を押し開くように、隠れた粘膜をグニグニと弄《いじ》った。

「先輩に触ってると……俺まで気持ちよくなっちゃいます……」

増えてくる愛液のヌメりが、特にこそばゆい。芯へ籠《こも》る温もりも、指へジンワリ押し寄せてくる。

まだ、膣口より先へは進んでいないのに、フェラチオされるような快感だった。これで奥まで突き出したら、攻め込んだ自分が恍惚となってしまうかもしれない。

それにクンニしたときとは異なり、今はペニスへの愛撫も始まっている。

優花は嬉しそうに声を弾ませて、

「あはっ……わたしもねっ、君のを撫でてるとっ、んくっ……手がムズムズしちゃうよ……！　はふっんっ……芦田君は……どぉっ？　おち×ちんっ、気持ちよくなれてる……？」

「はいっ……先輩の手っ、すごく擦れてっ……素敵、です……っ！」

先輩は両手をフルに使って、勃起ペニスを根元から先まで包み込んでいた。

粘土細工さながら、右手で固い竿を揉みしだく。張りつめた亀頭は、左手でじっくり撫でまわす。

手のひらの柔らかさは、牡粘膜にも薄皮にも、ねちっこく染み込むかのようだ。

一方、指はバラバラにうねっていた。

カリ首をなぞって、痛痒と紙一重の快感を練り込んでくるのが、左手の指だ。

右手の五本は、縦笛を奏でるような軽やかさで、肉幹をランダムに軽く打つ。その振動を尿道の中にまで響かせた。

そうやっておいて、全体的には上下へ行き来し、マッサージめいたやり方と共に、竿をゆっくりしごき立てる。

「俺、気持ちよくてっ……自分の手に集中できなくなりそうです……っ」

本来なら臍の方へ反るはずの肉幹の付け根は、優花の手で垂直に立てられていた。そこにかかる重みまでが、歩武に愉悦をもたらす。

だが、優花は後輩のセリフを聞くや、健康的な下半身を淫らに揺らした。

「うぁふっ……駄目、だよぉっ……指を止めちゃっ、あンっ！　奥まで入れていいからっ……ちゃんと続けてぇ……っ！」

「う……はいっ……！」

歩武は意識を股間の快感から引きはがし、指先へ戻した。見ようによっては無邪気っぽい割れ目を、いっそう丁寧になぞる。だが、今度も指へかかる気持ちよさに惑わされた。

さらに優花は、愛撫をせがんでおきながら、動揺をもたらす淫語まで並べはじめる。

「っ……芦田君のおち×ちん……なんだか可愛い……よ！　それにねっ、出てきてる透明なおツユの匂いが濃くて……わたし、嗅いでると変な気分っ、ぉ、抑えられないの……ぉっ！」

声の妖しい跳ね方は、秘所への指遣いと連動していた。それが歩武をのぼせさせ、指遣いから慎重さを奪ってしまいそうだった。

やがて我慢汁を十分にまぶしたと見たか、

「わたし……口も使うね……っ」

優花は言ったそばから、ギンギンにそそり立つ男根を頬張ってしまった。

「はふぅうむっ！」

まずは火照った吐息を、鈴口へ吹きかける。次の瞬間には、亀頭とカリ首を高温多湿の中へ閉じ込めた。

歩武の返事など待ってはくれず、快楽を上から滝のように、肉棒へ落としてきたのだ。

仕上げに濡れた唇で、竿の中ほどを押さえつける。いっしょに頰も狭まって、亀頭の両側を粘っこく直撃する。

「あ、ぐくっ⁉」

歩武は思わず手を強張《こわば》らせてしまう。

目の前に星が瞬き、それが落ち着くより先に、優花の舌が持ち上がった。

互い違いに身体を重ねる姿勢だと、弱い亀頭の表面がまず餌食《えじき》となる。しかも広範囲が丸ごとだ。

舌は卑猥に形を変え、感度の上がった曲線を包み込んでいた。それから分厚いカウパー汁の膜を、ひと舐めでこそぎ取る。

「くぅぅぁあっ⁉」

ザラつき混じりの際どい摩擦に、歩武は粘膜が煮立ちそうだ。

さらに優花は上半身ごと、狭めた唇を上下させはじめた。

「んっ、むっ、ふっ、くぅうんっ！」

ジュポグポッと唾液を泡立てながら、昇るときはエラを裏からノックする。下がるときには、鼻へ陰毛が当たるのもいとわず、竿表面を伸ばしきる。

温い舌はずっと亀頭にくっついたまま、張りつめた牡粘膜を、徹底的にしゃぶりまわした。

それがテンポのいい息遣いと共に、絶え間なく、無遠慮に、連発される。

上半身がうねるから、たわわなバストもオレンジ色のブラに包まれたまま、歩武の腹へぶつかっていた。

ふしだらにひしゃげる弾力と、魅惑的な重さ。愛撫さながらの感触によって、歩武は乳肉の変形ぶりを簡単に想像できてしまう。

きっとポニーテールも、不規則に宙を搔いているはずだ。

これでは割れ目へのおとなしい奉仕など、とても続けられない。

一方的にイカされかねない焦燥から、歩武は秘裂へ送り込む刺激をいっぺんに強めたくなった。

「俺……先輩の中まで指を入れます！　痛かったらっ、すぐ教えてください！」

唸り声混じりに乞えば、優花はフェラチオへ頷く動きを加えた。

「んぶふぅうっ！　えぅううっ！」

「お、ぁぁっ!?」

カクカクと揺れる口腔が、思いがけないタイミングで肉竿をシェイクする。牡粘膜の上では、唾液と我慢汁をいっそうブレンドさせる。

仰向けのまま、歩武はのけ反りかけた。

とはいえ、ショーツへかけていた左手は、すぐ秘所へ移す。はしたなく濡れていた花弁を、指で思いきって開く。

途端に大陰唇も柔軟さを発揮して、秘めた部分をあっけなく露《あらわ》にした。

潜んでいた牝粘膜は、鮮やかなほど綺麗なピンク色だ。しかも分泌した蜜で、テラテラと濡れ光る。

割れ目の上端近くには、極小の突起を包む莢《さや》のような皮があって、少し下で尿道口がひっそり息づいていた。

さらに下れば、肝心の膣口も物欲しげにヒクついている。入り口が極端に狭く見えるのは、処女膜のせいかもしれない。

とにかく歩武は、ずっと擦っていた膣口へ、狙いを定め直した。ねっとり押しつづけた感触から、穴に伸縮性があるのはわかる。それを信じて、グッと人差し指を食い込ませた。

「んっ！」

潜らせたのは、切っ先寄りの第一関節までだ。

それでも侵入を押し返したがるような締めつけが、指に殺到してきた。

「くっ、せ、先輩……!?」

歩武はのっけから気圧《けお》された。しかも、優花の反応がはしたない。

「んぶふぅうっ！」

彼女は全身を硬直させると、舌で亀頭をさらに押す。唇も、硬い肉幹の幅以上に狭まろうとするし、指は十本全部が連動して牡肉の付け根を搾る。

挙句、ペニスと密着するすべての箇所で、小刻みな痙攣まで始まった。

「んぅうっ！　くふっ、ぅ、ぅううんっ！」

「せ……先っ輩っ……どぅっ、ど、どうってですか!?」

歩武が淫熱に耐えながら問えば、優花は唾を飛ばすような勢いで、ヌラつくペニスを吐き出した。

「ぷはっ！　か、感じるっ……よぉお！　芦田くぅんっ、遠慮なんてしないでぇっ、もっとっ、あっ、んやっ!?　つ、続けてぇえっ！」

「は、いぃっ！」

これで歩武も心おきなく、手の動きに専念できた。もう少しだけ指を深く入れ、地均《なら》しのごとく、居並ぶ襞をかき分ける。

熱く濡れた場所へ指がめり込むのは、責める側であっても神経が痺れる。さらに優花の悶え方にも煽られた。

剣道部で最強の女子部長は、今や指戯にわななきっぱなしだ。

それでも懸命にニーソックスで覆われた太腿を固め、揺らぎそうな秘所を一点に留めてくれている。

「はうっ、くっ、ぁあうっ！　芦田君の指っ……！　中で動いてるっのぉおっ！　わたし、すごくエッチなこと、されちゃってるぅうっ！」

「はいっ、んっ、はいっ！　俺っ、先輩の中へ入っています！　いっぱい掻きまわしてます！」

「うんっ、ぅああうっ！　君に言われるとっ、は、恥ずかしいよぉおっ！　んんっ、く、はぅううっ……ぃっ、ひゃふううんっ!?」

なおも踏ん張る優花だが、ときには愉悦をぎょしきれなくなるようで、尻がビクッと跳ねてしまう。そんなとき、膣内で傾けられていた指は、いちだんと激しく周囲へ引っかかった。

「ぃ、ぁはぁああっ!?」

「く、先輩っ！」

歩武も秘洞を追いかけて、抜けかけた指を再度突っ込む。そうすれば、狙いとは関係なしに、さらなる追い打ちが炸裂だ。

「うぁひぃいっ！　ひぃんっ！　あ、芦田くぅうんっ！」

愛撫をやめるなと言っておきながら、今や優花のほうがフェラチオを再開できない。

だが、歩武に不満はなかった。

見える範囲すべてをヴァギナで占められて、歓喜の証である牝汁を顔へポタポタ垂らされて、牡としての悦びは天井知らずだ。

さっきまでの遠慮も薄らぎ、彼はなりふりかまわず、欲張りたくなった。

もう少し激しくしても、処女膜を傷つける恐れはなさそうだ。優花にも痛がるそぶりはない。

だったら……と、愛撫の速度を上げてみる。

関節はさらに曲げて、巣穴を作る生き物さながら、肉壁をしつこくほじくった。

濡れ襞の方もそれらをみるみる吸収し、快感に変えていく。

「ふぁあんっ！　そ、その動かし方ぁ、いいっ……かもぉっ！　芦田君をとっても感じられるのぉおっ！　ぁひううっ！　ひうぅうんっ！　このまま、しちゃってぇえへぇっ！」

「はいっ！」

歩武は素直に返事した。とはいえ、同じことだけを繰り返すつもりはない。先輩に感じてもらうためなら、いくらでも努力できる。

彼は手首ごと指を回転させて、蜜壺内を掻きまわした。

さらに新たなレパートリーとして、抜き差しまで追加する。

その積極性が、舌では届かなかった膣の深みに、淫らな歓喜を押し込んだ。ついで、隠れていた襞を引っ張り出すように、外向きの動きでグリグリ撫で上げる。

「ふ、ぁあんっ！　や、ぁ、ぅううんっ！　わたし……ぃっ！　んぉっ、か、身体の中からっ、君専用に作り替えられてくみた……ぃっ！　んやはぁあっ？　やぁあんっ！　どんどんエッチな身体になっちゃうよぉおぉっ！」

優花はあられもないセリフを吐きつつ、自分からも膣寄りの膣壁を擦りつけだした。

きっと、そこがほじってほしいポイントなのだ。

だから、歩武は集中的に弄る。いざやってみれば、指に当たる襞も他より細やかに思えた。

「ふぁぁあっ！　うんっ、そこなのっ！　そこぉおっ！　どんどんしちゃってぇえっ!?」

丹念な指戯によって、愛液も洪水さながら増える。

鼻の慣れてきた歩武でさえ、甘酸っぱい匂いがはっきりわかるのだ。きっと実際は、我慢汁の臭気と混ざり合って、想像以上の濃さで室内を漂っているのだろう。

実際、自分で思っているよりずっと、歩武は牝の匂いに影響されていた。指遣いはいっそうバリエーションを増して、思いつくままに速度を変える。力の強弱も一瞬ごとに切り換える。

媚肉をとことん攪拌《かくはん》するやり口は、優花に喩えられたとおり、女体改造さながらだ。

「ふぁあんっ！　これっ頭の中までぇっ、んぐふっ、く、グチャグチャになるっ……よぉおっ！　芦田君ってばぁっ、わたしよりっ、ぇ、エッチになっちゃってるぅう！」

そんな支離滅裂なセリフも、歩武には励みになった。ノンストップで、襞の群れへ肉悦を送り込みつづける。

「ふあっ、や、あぅううんっ！」

とうとう追いつめられた優花は、ヤケクソ気味にペニスへの愛撫を再開した。

もっとも、フェラチオではない。

両手を重ねて竿をしっかり握ったら、行って戻ってを忙しく繰り返す。

舌を使うのは諦めて、ひたむきな手コキ一本に、方法を絞ったのだ。

しなやかさもすっかり放棄しているが、しごかれる男根だって我慢汁を垂れ流している。潤滑油に不足はなく、むしろ女性器さながらにヌチャヌチャと鳴った。そこに絡まる指を滑らせた。

それを捕まえるため、先輩の力がまたアップする。

「く、お、あっ! 林先輩ぃっ!?」

肉幹の表皮と裏筋も、伸び縮みを繰り返した。加えて、張り出すエラの段差が、何度も痺れ混じりに踏み越えられる。

歩武が受ける肉悦は、攻守が入れ替わりそうな凄まじさで、ほとんど助走もないまま、最高潮へと至った。のみならず、牡粘膜を過剰な官能電流で焦がしそうになる。

「つ、ぅうああむっ!?」

攣りそうになった指を、歩武は無理やり動かした。それで思いがけず深い部分を、ほじくってしまう。

今度は、優花がよがり声を高くした。

「ふやぁああっ!?」

ただし彼女の強張った両手は、亀頭と竿を無差別にほぐす。

「ふぐっ? ぅあぅうっ!?」

歩武もますます悶絶させられた。

責めれば責め返されるし、責め返せば責められる。

「先輩っ、先輩っ……！　もっとゆっくりっ、く、ぅうぅっ！」

「芦田君こそっ……わ、わたしをっ、めちゃくちゃにしすぎだってばぁあっ！」

「そんなことっ……ありませんっ！　おぉ俺っ……こ、このままじゃっ、先にイッちゃいますっ！」

歩武は脂汗を浮かべながら、決壊寸前の射精感とも闘わなければならなかった。優花を鳴かせている指も、抱きしめ返される心地よさでふやけんばかりだ。

そんな後輩の泣き言へ、優花は逆転を狙うようにつけ込んできた。手コキのペースをさらに上げ、嬌声混じりに誘惑をする。

「うんっ、あぁっ！　ぃ、イッていいんだよっ、芦田くぅんっ！　ねっ、イッてぇ！　やあぁあっ、早くイッちゃぇぇえっ！」

以前の歩武なら、一も二もなく従っていたかもしれない。

しかし、自立心の育った彼は、むしろ尊敬する先輩を悦ばせようと、夢中で手を使った。

「先輩こそっ、イッてくださいぃぃっ！」

逸《はや》る意識は、ふと一点へと引きつけられる。

ここで先輩の快感を増すとすれば、陰唇の端で包皮に守られている箇所、クリトリスが一番……かもしれない。

初心《うぶ》な歩武でも、人並みの知識は持っていた。

淫核と思《おぼ》しき突起は、もはや皮からはみ出さんばかりに肥大化している。

「ん、くぅうっ！」

あとは思いつくまま、後頭部を浮かせて、舌で包皮を押しのけた。小さな突起へ口づけた。

中身を一舐めした瞬間、優花は落雷で撃たれたかのように、大きく打ち震える。

「んひぃっ？　ひおっ、ひぉおっ！　はぁぉおぉっ!?」

肩も腰も竦み上がって、手コキさえ止まりかけてしまった。

「ん、んぶっ!?」

調子づいた歩武は、先輩を逃すまいと、腰を左手で抱き寄せる。そして突き出した唇でクリトリスを囲い、前に割れ目へやったときのように強く吸った。

「ずずっ、ずじゅすずずぅうっ！」

下品な音を鳴り響かせてのバキューム開始だ。

舌戯のほうも続行し、真珠のように丸っこい陰核の表面を容赦なく磨く。

がむしゃらさに押され、優花も甲高い声で泣きじゃくった。

「駄目っ、そこはダメぇええっ！　芦田くぅうんっ！　それ何っ？　わたしの身体に何してるのぉおっ？　いやっ、そこだけはっ、ほんとに反則なのぉおおっ！」

彼女は握ったペニスを、レバーさながらに揺さぶった。それはただの悪あがきだが、切羽詰まった後輩には効果的だ。

「くっ、ぅううっ!?」

肉棒の底で蠢く精液の気配に、歩武も息を詰まらせた。

(出る、出る――！　先輩より先に――イク!?)

射精を少しでも先に延ばそうと、尻肉を締めてみるものの、もはや舌を動かそうと、指を使おうと、興奮が男根の疼きと直結してしまう。

溜まりきったザーメンは、まるで噴火を待つ溶岩のようだ。そう感じた直後には、さらに尿道内を圧迫してくる。脆い粘膜が拡張されて、極めつけの愉悦まであと少しだ。

「むぐっ、んっ、くふぅううぅむぅぅううっ！」

ギリギリの歩武は断末魔さながらに、クリトリスを派手なバイブレーションで小突きまわした。指でも膣襞をかき分け、撫で上げた。

それが土壇場で強烈だったらしく、優花もネバつく亀頭へ美貌を押しつけたまま、恥知らずによがる。尻肉までブルブル震わせ、バストは自ら押しつぶした。

「ふぁあぁあああっ？　やっ、イクッ、イカされちゃっ……ぅうぁあはぁあああっ!?」

秘所も過激にすぼまって、一本しか入っていない歩武の指を咀嚼《そしゃく》した。

同時に歩武のザーメンも、ヒクつく鈴口を割っている。

ビュクビュクビュクッと真上へ飛び出し、美貌を汚す白くて生臭いゲル状に、優花は甲高い声をさらに裏返らせた。

「ふぁああっ……で、出たぁあんっ！　熱いのっ、芦田君の精液ぃっ、いっぱい出てるぅうふぅううっ！」

それは未熟なクンニのときと比較にならない、あられもないアクメだった。

歩武も仰向けのまま、平衡感覚を失いかける。

しかし射精が終わっても、彼は肉棒を手放してもらえない。

優花は尚も亀頭と竿を揉み続け、さらなるザーメンを搾りだそうとしていた。

「あ、うっ……先輩っ!?」

これ以上シックスナインが続いたら、二度目の射精まで突っ走ってしまいかねない。

歩武は降参の意を示すため、優花より先に口を離し、指を引き抜いた。

なのに、手コキは止まらない。むしろ、快感から解き放たれた優花は、スピーディな往復を蘇《よみがえ》らせる。

「うっ……あ、俺っ、もぉイキましたからぁっ⁉」

歩武が訴えれば、先輩は甘えるようにヒップを揺すって、

「あぁんっ、そんなのわかってるよぉっ。でもっいいのっ！　わたしを先にイカせた芦田君にっ、リベンジするんだからぁっ！」

「く、ぁああっ⁉」

歩武としては、むしろ先に果てさせられた気もするのだが。

しかし、どっちが先にイッたかなんて、朦朧となった頭だとわからない。

こうなったら、優花が納得するまで付き合うのみだ。

歩武は眼前で濡れそぼつ女芯へ、改めてむしゃぶりついたのだった。

二度目のオルガスムスに達したあと、優花はやっと手を止めてくれた。

今度は間違えようがなく、歩武のイカされたほうが早かった。

これで負けん気も治まったのか、優花は身体の向きを変え、歩武へ寄り添ってくる。元が一人用のベッドだから、身体はほとんど重なるかたちだ。巨乳もブラジャー付きのままで少年に乗せられ、クニュッといやらしくたわむ。

「お見舞いに来たのに、わたし……君の熱を上げちゃった？」

エクスタシーから抜け出し、彼女も後輩の体調が気になってきたらしい。

だが、歩武はむしろ、しつこいダルさが霧散していた。

「俺なら大丈夫です」

はっきり答えると、優花も「んふっ」と嬉しそうに身体を擦りつけてくる。

しかし、このまま余韻へ浸るのかと思いきや、彼女は唐突に身を起こした。

「言われてみれば、おち×ちんも元気なままだもんね？」

「えっ、先ぱ……っ？　はうっ⁉」

彼女に一撫でされたペニスは、今も最大サイズを保っている。臍のほうへそっくり返り、小刻みに脈打っている最中だ。

それに歩武は、優花の温もりで男心をくすぐられていた。焦らすような軽いタッチまでされたら、切なさがいちだんと募ってしまう。

尻まで浮かせかける後輩の反応に、優花は色っぽく目を細めた。

「ね、まだ一勝一敗だし、延長戦で最後までしちゃおっか？　芦田君からたくさん弄ってもらって、今なら初めてでも、わたし、おち×ちんを中へ入れられる気がするよ……？」

「え、うえっ!?」

歩武は心臓が止まるかと思った。

先輩が言っているのは、つまり本番まで――。

「こ、これ以上過激なことはしないいんでしょ!?」

「うん、そうだよ？」

優花はあっさり頷いた。

「でも、あかり姉のお店でしたのと比べれば、普通のエッチのほうがおとなしいよね？」

「それはっ……ええ、そうかもですけど……っ」

歩武は鼓動が速まる。

しかし流されつづけていたら、せっかく身についた気力を失いかねない。

だから、精一杯の自制心を働かせた。

「……俺、あんまり甘やかされてると、弱い自分に戻りそうなんです……っ」

その情けない本音に、優花は一瞬、悲しそうな顔をした。

「違うよ……、甘やかしてほしいのはわたしのほう。君から想われてるって、わたしが自信を持ちつづけたいから……」

「え、先輩が……？」

先輩が迷いを垣間《かいま》見せることなら、今までにもあった。だが、ここまでストレートに心細さを吐露されるとは思っていなかった。

告白を無期延期にしたことを、まだ気に病んでいるのかもしれない。

（そんな必要ないのに……）

しかし、己《おのれ》の心の弱さを知っている歩武だからこそ、理屈と無関係な不安が厄介なのも理解できた。

彼はゴクリと唾を飲んで、喉を湿らせる。

――うん、俺なら大丈夫。

そう自分へ言い聞かせ、意見を翻《ひるがえ》した。

「じゃあ、やっちゃいましょう……！」

途端に優花も明るい表情となる。

「うんっ！　あ、今回はわたしに任せて……っ。初めてのときは、自分のペースで動くほうが痛みを減らせるって、エッチな本に書いてあったしっ……」

早口で捲し立てられて、歩武はその情報がガセでないことを、反射的に祈ってしまった。

根が素直な林先輩は、どうも人の話を真《ま》に受けやすい。

だが、彼の心配など気づかないらしく、優花はいそいそとペニスをまたいできた。

「……痛かったら、途中で別の方法を考えましょうね？」

「ありがと、芦田君」

彼女は小さく笑い、染みが広がるショーツのクロッチ部分を横へどける。途端に、愛液まみれの割れ目が再登場する。

充血した小陰唇は舌なめずりするかのようだし、濡れ光る蜜は涎めいている。

さらに優花のもう片方の手で、極太の肉棒を立たされて、歩武は竿の根元に鈍痛混じりの重みを感じた。

(まるでこれから食べられるみたいだ……っ)

破廉恥な妄想が膨らんでしまう。

次の瞬間、秘裂がぶつかってきて、亀頭を絶大な愉悦に見舞われた。

「く、ぐっ！」

「はうぅうっ！」

優花も泣きだす直前みたいに、綺麗な眉を寄せている。竦《すく》む肢体の中、過剰に盛り上がる巨乳だけが、ブラジャーのカップに支えられて、ふっくらと柔らかいままだった。

「始める、ねっ？」

震え声で後輩へ予告し、優花は腰を前後させはじめる。

その瞬間から、怒張に押し返された陰唇が、グニグニ左右へ拡がった。

(きっと、先輩は膣口とペニスの先を合わせようとしているんだ……)

そう歩武が理解したところで、鈴口が媚熱たっぷりの深みへ嵌《はま》り込む。

「くあっ⁉」

濡れた肉穴からは、指で感じた以上の瑞々しい弾力が伝わってきた。

しかも、優花は一瞬止まりかけただけで、気丈に秘唇を下ろしだす。

「ん、んんぅうっ！　芦田……君っ！」

柔軟な大陰唇と違って、膣口は最低限しか開かない。

歩武の神経へなだれ込むのも、フェラチオ以上にみっちり纏わりつく、牝粘膜の収縮ぶりだ。

「あ、くぐっ!?」

「は……ぅううんっ！」

優花はなおも止まらず、張り裂けそうな膣口へ、肉棒を迎え入れつづける。

ほどなく、プチリと処女膜の破れる瞬間を、歩武は確かに感じ取った。

あとは感慨を抱く暇もないまま、脈打つ肉からの圧迫に、牡粘膜を捏ねられる。

「せ、先輩ぃっ!?」

一方、優花は痛みが格段に大きいらしく、前かがみとなりながら、額まで真っ赤に染めていた。

「く、ぅううんっ！」

「お願いですからっ、無理しないでくださいっ！」

歩武が呼びかけても、ポニーテールを弾ませて、頭をブンブン横へ振る。

「わたしならっ……大丈夫だから！」

「でも……！」

歩武は見上げるしかないのが歯痒かった。

そのくせ、肉棒の疼きはぐんぐん強まる。

腰も勝手に揺らぎかけ、それを防ぐためには、尻をマットレスへ押しつけつづけなければならない。

「んくっ、ふ、ぅぁああっ！」

優花もさらに奮戦し、亀頭やカリ首に続き、節くれだった肉幹まで、繊細な割れ目へねじ入れていった。

最後は弾みまでつけて、ズズッとヒップを落としきる。

「ぁはうぅうんっ！」

これで歩武の大きな逸物は、根元近くまで埋まった格好だ。特に亀頭の先は、貫いた反撃をされるかのごとく、コリコリした終点の肉壁で強く圧《お》された。

他の部分だって、ひしゃげんばかりに掻き抱《いだ》かれている。

だから歩武は、肉悦のみならず、極度の窮屈さも感じた。

「くっ……せ、先輩の中……すごい、です……っ！」

「そ、そぉっ……？　んっ、これっ……最後までやれてるよねっ？」

「はいっ！　俺と先輩っ、一つになっています！　ぁ……ジッとしてても、すぐにイッちゃいそう……です！」

それが嘘偽りない感想だ。さらに先輩を苛《さいな》む負担を減らしたいという想いもあった。

なのに、優花は別の解釈をする。

「だったらわたしが動けば……芦田君、もっと気持ちよくなれるよね？」

「えっ？　そ、そんな無理しなくても……!?」

「いいのっ。芦田君でいっぱいになってる感じっ、わたし、好きだから……っ、んっ、本当に……っ！」

事実、彼女の目元には、愛おしげな充足感があった。

そして話の途中から、もう動きだす。

持ち上がるヴァギナからゆっくり抜けてくる肉棒表面には、愛液がかなり塗《まぶ》されていた。

しかし、ヌメりがあってもなお、膣圧は異物を引き留めるように働く。襞という襞もエラへ引っかかる。

「く、ぁううっ!?」

かすれ混じりな優花の呻《うめ》き声が響く。

もしかしたら、彼女の下半身は剣道で鍛えられ、他の女子より格段に締まりが強いのかもしれない。

ともあれ、歩武も入口へ向かう亀頭を延々と揉まれ、気遣いと無関係に、牡粘膜が破裂しそうだ。

しかも、感情を高めるためなのか、優花は淫語まで使いだす。

「んぁああっ！　芦田君のおち×ちんっ、熱い……よぉおっ！　指よりっ、ずっと……ずっとぉ、ふっとぉいぃいっ!?」

その切れぎれの音色は、耳から入る媚薬も同然だ。

歩武の肉棒は秘洞内でさらに反り返って、逆撫《さか》でされたカリ首が、裏返る寸前のように疼く。

「あ、くぐっ!?」

「んはっ、はぅううんっ！」

とうとう優花は上がりきり、亀頭の半ばまで外へ出した。

あとはまた、間髪入れずに股間を落としだす。

「んやぁあっ！　芦田くぅうんっ！」

「先……輩ぃっ！」

膣肉から揉みくちゃにされる喜悦は、今やペニスだけに収まりきらなかった。歩武は脚まで痙攣し、頭の髪が逆立ちそうだ。

そんな彼が涙目で見れば、優花の赤らむ肌は、汗で薄っすら光沢を帯びていた。インナーとポニーテールも、湿り気でしんなりしている。

「くふっ、んぁああうっ！」

艶やかでありながら、痛々しさも目立った。

なのに優花は、凶悪な大きさの竿を、再び肉壺へ収めきる。

「は、うぅうっ！」

半泣きめいた声をあげながら、女体をよろめかせかける。

にもかかわらず、本格的なピストンまで開始してしまった。

腰を緩慢に持ち上げて、さっきと同じ高さになったら方向転換し、ズブリズブリと
ペニスをめいっぱい咥え込む。

「やはふぅうんっ！　ひ、ぃひぃいいんっ！」

甲高くいないたあとで、また上昇する。

その途切れない律動によって、結合部も淫靡な水音を奏でだす。

「芦田くぅうんっ！　わたしっ、気持ちよくなってきてるよぉおっ！　本っ……とぅにっ！　あぁんっ！　本当っ、だからぁあっ！　きっと芦田君がっ、二度もイカせてくれたおかげなのぉおっ！　はひっ、ひぎきっ、ぃひぃいいんっ！」

「先輩っ……！」

それが自分に心配をかけないための嘘ではないかと、歩武は疑った。

だが、律動はだんだんリズミカルになってくる。

抜き差しされる男根を見ても、量を増した愛液が、白っぽく泡立っていた。竿には破瓜の赤い血も絡んでいるものの、早くもそれを洗い流してしまいそうだ。

出だしは虚勢だったのかもしれない。

しかし優花の中では、快感が芽生えはじめているようだ。

「先輩っ……く、ぐくっ、先輩ぃいっ！」

歩武が呼びかければ、優花は泣き笑いめいた目を向けてきた。

「芦田君っ……！　もっとわたしを呼んでぇっ！」

そのすがるような声音が、歩武の迷いを打ち砕く。

もう遠慮なんてしない。

優花が快楽だけを感じられるよう、自分も手を尽くしたかった。

「はいっ！　先輩っ！　先輩っ……！　林先輩っ！」

吠えるうちに気力が高まって、彼は両手のひらを浮かせた。引き締まる優花の太腿へあてがったら、汗で吸いつくようになった肌を丹念に撫でさする。

さらにヒップまで愛撫をねっとり遡《さかのぼ》らせた。

健康的な美尻は、歩武の下腹部とぶつかるたび、ムニッムニッと弾力を誇示してたわむ。その変形しっぱなしの縁を、指がめり込むほど強く揉んだ。

愛らしいクッションのような手ごたえに、牡の興奮を煽られた。

「あ、やぁあん！」

優花も、後輩の指遣いに奮起したらしく、下ろした結合部を前後へグラインドさせだした。秘洞と男根を睦み合わせつつ、脚の付け根の裏や、汗を吸ったニーソックスでも、歩武の股間周りを擦る。

「はんっ！　ぁああん！　芦田君のおち×ちんっ、奥にグリグリ当たるよぉおっ！」

「うぁっ、つぁあうっ！　俺もっ、先輩に押し返されてますぅ……ぅうっ！」

優花の後退によって、亀頭の表面はいっそう牝襞の群れへ沈んだ。ただし、狭いのは変わっていないため、裏筋もエラもしゃぶられつづける。

ついでヴァギナが前進すれば、愉悦の向きは逆転だ。男根も根元からほぐされ、ともすれば精液を通してしまいそうになる。

「せ、先輩ぃっ……その動き方もっ、ぃ、いいですっ！」

優花といっしょに愉しむと決めた歩武だから、与えられる快感は余さず受け取った。その上で、前向きな言葉を吐く。

優花も紅潮した顔に、夢見るような表情だ。

「だったら……もっとしちゃうっねっ⁉」

張りきる彼女は、前後のスライドだけでなく、ツイストじみた捻りまで開始した。いっしょに巨乳をユサユサ揺らしている。

「うぁっ、あぁんっ！　芦田君っ、どぉっ？　気持ちいいっ⁉」

「すごいですっ！　先輩からされることっ、全部いいですっ！」

「あンッ！　やっ、やった、ぁああんっ！」

この動き方は、蛇口さながらに亀頭を捏ねて、奥から先走り汁を呼び出しつづける。加えて、膣肉を異物感へ馴染ませるのにも役立ったらしい。

優花はぎこちない笑みへ、悪戯っぽさまで混じらせだした。

「ね、芦田君……！　木刀みたいに硬いよね、君の……お、ち、×、ぽっ！」

「う、うぇっ⁉」

挑発的な言い方に、歩武はギョッとさせられた。怒張もとっさに弾み、絡む襞を抉り返す。

「はぅんっ⁉」

まだ急な刺激にはついていけないのか、優花は派手に顎を浮かせた。

が、すぐさま上手《うま》くいったと言いたげに、口角を上げて、歩武を見下ろしてくる。

「わたしっ、またあかり姉の話を思い出したの……！　男の子はヤらしい言葉が大好きだって……！　それじゃっ、またさっきの動き方に戻すよっ！　えぇとっ、お、おマ×コっ、そうっ、おマ×コでっ……おチ×ポしごいちゃうっ！」

「は……いっ！」

歩武の驚きも、劣情へ切り換わっていた。

そして、優花がヴァギナをグイッと持ち上げた刹那、怒張は一回目のピストンを上まわる愉悦に満たされる。

何しろ、強烈なままの膣圧に加え、淫靡になった襞のうねりまで押し寄せてくる格好だ。

抱擁と啜り上げを同時にやられたようなもので、もう歩武は愛しい人とのセックス以外、何も考えられない。

「く、おぅう！」

彼が股間へ力を集めれば、怒張はいちだんと角度を鋭く傾け、牝襞を穿った。

だが、今度は優花も歓喜でよがる。

「はぁあんっ！　いいっ！　これっ、気持ちいひぃいっ!?」

彼女は返事も待たず、肢体をハイペースで上下させはじめた。

「芦田くぅうんっ！　き、君のおチ×ポ逞しいしっ、かっこいいよぉおっ！　わたしっ、たくさん動いてっ、君を気持ちよくするからぁっぁああんっ！」

その勢いたるや、ポニーテールが全力疾走する馬の尻尾さながらに、あられもなく宙を掻くほどだ。

歩武は亀頭を揉まれ、カリ首を捲られ、竿の皮を擦られつづけた。裏筋も目まぐるしく伸びては縮む。

「先輩っ、先輩の、ぉ、おマ×コっ、熱いです……っ！」

歩武が気張って恥ずかしい単語を真似すれば、優花は自分が言いだしたくせに、甘い喘ぎでからかってきた。

「あ、あはぁあっ！　芦田君のエッチぃいっ！」

彼女はときおり、前後左右のグラインドを、ピストンの合間に再開させる。

最初は思い付きでやっただけかもしれない。

だが、途中からは明らかに効果を理解していた。

粘膜へ緩めの心地よさを馴染ませたあと、怒濤の律動へ立ち返れば、喜悦を一気に倍増させられるのだ。

「あうっ！　林先輩っ……！　うっ、くぁううっ！」

歩武は思いがけないタイミングでペニスを揺すられ、対応しきれないうちから、上下運動に翻弄された。

「うぁっ！　うぐくっ、はうぅううっ!?」

先読みできない愉悦の連発で、もう射精を我慢するのが難しい。

そして自覚してしまうと、男根の限界は急速に近づいてきた。

結局、耐えきれずに音《ね》を上げる。

「俺っ、出ますっ……ぅうっ！　イキっ、ますぅうっ！」

それを聞いて、優花も声を弾ませた。

「いいよぉっ、芦田くぅんっ！　ねっ、わたしのおマ×コでイッてぇえっ！　白くてドロドロな赤ちゃんのモトっ、いっぱい出しちゃってぇえええっ！」

「くっ、ぅううっ!?」

先輩から許しをもらえて、精液の気配もいよいよ強まった。

その間にも、ペニスは擦り立てられている。

仕上げのつもりなのか、優花はもう、緩やかなグラインドを混ぜなかった。

ジャンプするような抽送一択で、結合部の水音を微塵も途切れさせない。

グチョッ、グチョッ、グチョグチョッ！

「出して！　出してぇっ、芦田くぅん！　わたしねっ、この気持ちいいのを続けながらっ！　うあっ！　ふぁああんっ！　君の精液いっ、うぅっうっ、ぅ受け止めたいっ、よぉおおっ！」

思い人にここまで言われたら、歩武だって少女のように鳴いてしまう。

「はい……！　出ますっ！　先輩の中にっ、出っ、だっ……出しますぅうっ！」

叫びで腹へ力を入れた拍子に、さらなるスペルマまでせり上がってきた。我慢汁で滑りやすくなっていた尿道は、ゲル状の塊《かたまり》にも侵略されて、破裂寸前の危なっかしさがある。

とどめを刺されてしまうまで、きっとあとひと擦りもない。

「ううぅっ！　イクっ、俺っ、い、く、ぅぁあうぅぅうっ！」

遠吠えさながらに歩武が喚いたところで、優花もぐしょ濡れのクレヴァスを落としきった。

ペニスの先端から竿の付け根まで、熱い濡れ襞の波で啜りまわして、ギュウギュウ締めつける。

そんな極上の法悦に、精液も間欠泉さながら噴き上がった。

周囲の膣壁を白く塗りつぶし、子宮へ我先になだれ込む。

「ぅあぅううっ！　く、ぅううっ！　先っ、輩ぃいううっ！」

さらに肉壺内での射精は、歩武へ未知の法悦をもたらしていた。

精をぶちまけている最中でも、襞は変わらぬ蠕動《ぜんどう》で屹立を搾ってくるのだ。

おかげで、溜まったものを放つ解放感だけでなく、真逆の、怒張を脈動内に閉じ込められる悦楽も、延々と同時進行だった。

一方、優花は三度目のオルガスムスにこそ行き着かなかったものの、後輩のザーメンを子宮へ迎える達成感に打ち震えている。

「あぁあんっ！　芦田君がっ、おち×ちんがぁっ、ビクビクしてるっよぉおぉおっ！　出てるんだよねっ？　わたしのなかでっ、いっぱい出してくれてるんだよねっ!?」

とはいえ、こんな状況でも、彼女は彼女だ。

中出しが止まり、呼吸がそこそこ整うと、馬乗りのままで聞いてくる。

「ねっ……ねっ、芦田君っ……わたしって受けと責め、どっちが向いてると思う……？」

「ぁ……ぇ？」

「あのね、芦田君をイカせるのはすごく気分よくて……っ、これから一番の趣味になっちゃいそうなんだけど……でもね、してもらうのもすっごく感じちゃうんだよっ……？」

「……そう、ですね……っ」

歩武もペニスを膣内で勃たせつづけながら、大真面目に比べてしまう。

彼女にリードされながらの絶頂は、天井知らずに気持ちいい。

しかし、シックスナインで達したときの痴態も果てしなく愛くるしかった。

彼が答えられずにいると、優花はぎこちなく腰を浮かせ、ゆっくりペニスを外へ出しはじめる。

満遍なく粘液の絡む肉竿が、ズルリズルリと抜けてくる光景は、まるで排泄場面のように背徳的だ。

仕上げにエラで割れ目を開かれて、「はうううっ！」と彼女は虚脱すると、歩武の胸へ倒れ込んできた。

「ぁ……んっ……次にやるときは芦田君が動いてみてね……？　そうすれば、きっと答えが出るよ……」

告白さえまだのうちから、二度目のセックスの提案だ。

それがいつになるかもわからないのに、歩武も鯱《しゃちほこ》張って応じてしまう。

「は、はい……！」

まだ愛の言葉を吐くわけにはいかない。

その分、心の中では何度も繰り返した。

(好きですっ、大好きですっ！　初めてあなたを見たときからっ、ずっと、ずっと、ずっと！)

何としても、先輩への告白は——最高のタイミングで成功させねばならない。

第四章　爆乳に挟まれた剛直

仙波学園との交流試合の日が近づくにつれて、剣道場には緊張感が漂いだした。刺々《とげとげ》しさはないものの、公式大会直前に匹敵する気迫が、先輩たちから感じられる。

「……あ、やっぱりわかっちゃう？」

ある夜、歩武が指摘すると、優花に小さく苦笑された。

最近、彼女とはいっしょに夕食を食べることが多い。

きっかけは、歩武が肉体的な交渉について主張したことだった。

──俺、告白する前からエッチなことを許されていると、やっぱり足踏みしそうなんです。その……気持ちよすぎて、現状で満足しちゃうんじゃないかって……。ですから何か他のことで、先輩といっしょの時間を持ちたいです。

それで相談をして、こうなった。

優花も歩武も、昔から両親が共働きのため、料理にはそこそこ慣れている。

今日も芦田家のキッチンで、役割分担しながら、酢豚とサラダ、それに卵スープ作りをする。

「……林先輩、言ってましたよね。仙波学園にはおっきな壁があるって」

「うん、でも、今年こそわたしが勝つよ……絶対に」

何気ない口調を意識しているらしいが、語尾には揺るぎない決意が籠《こも》る。

練習中も、彼女の気合の入り方は、他の部員より上だった。今日など、打ち下ろされた竹刀の勢いで、男子の先輩がひっくり返ったほどだ。

(俺ももっと身を入れて練習しよう……！)

他の部員たちから見れば、すでに十分頑張っている歩武だが、当人の手応えとしてはまだ足りない。

そのとき、優花が聞いてきた。

「芦田君、野菜切り終わった？」

「あ、はいっ」

歩武は準備の終わった玉ねぎなどを、コンロ前の彼女へ差し出した。

すでにキッチンには、ごま油の香ばしさが漂っている。

部活で身体を思いきり使ったあとだけに、歩武は今にも腹が鳴りそうだった。

一週間後の土曜、交流試合の日がやってきた。

場所は毎年、両校が交替で提供する決まりで、今年は竜ヶ園学院が、仙波学園へ出向くことになっている。

午前中は、両校の全部員が参加して、合同で練習をした。

そしていよいよ、午後に交流試合となる。

形式は男女混合の、五対五による総当たり戦。

先鋒、次鋒は竜ヶ園が勝った。

だが、いい流れができたと思えたのもつかの間、次は仙波学園が二連勝する。

こうして勝負は大将戦まで持ち越された。

竜ヶ園から出るのは、もちろん優花だ。

対する仙波学園の大将も二年生の女子で、その相手こそ、優花のライバルだと、歩武は事前に教えられている。

名前を鈴城文乃《すずしろふみの》といい、背は優花より高い。

顔立ちも中性的で凛としているし、スレンダーな身体つきとキビキビした物腰が見事にマッチして、練習中の存在感は抜きん出ていた。

さらに試合が始まってみれば、仙波学園の中でも飛びぬけて強かった。

直感的に動く優花と反対に、文乃のほうは沈着冷静さが持ち味らしい。

二人の実力は伯仲し、優花が先に有効を取ったあと、文乃も同じく有効をもぎ取った。

(頑張れ！　先輩、頑張って！)

大声での応援が禁止されているため、歩武は身を乗り出し、心の中で叫びつづけた。

知らず知らずのうちに、両手で膝を握りしめていた。

だが、制限時間が近づいてきたあたりで、優花が不利になってくる。

気負いすぎたのか、微かだが焦りが見えはじめたのだ。

文乃も当然、そこに気づく。

フェイントめいた動きで優花の大振りを誘い、それを巧みにしのいだら、彼女は面の中心へ綺麗な一撃を決めた。

スパーン！

「一本！」

主審の声を聞いた刹那、歩武は全身から力が一気に抜ける。

試合は先輩の負けだった。

あんなにも意気込んでいたのに……。

(先輩……林先輩……)

優花も呆然としていた。試合後は所定の位置まで戻って、相手へ礼をするべきなのに、彼女はなかなか動けないでいる。

そんな先輩のため、歩武は今すぐ何かをしたくなった。

しかし、どうすればいいのか、まるで頭に浮かばない。

(俺は……っ、先輩っ……!)

言いようの無力感に、ただ歯噛みするしかない歩武だった。


やがて帰る時間になって、仙波学園の門の前で整列した竜ヶ園の剣道部は、揃って意気消沈していた。

これで十九勝二十一敗。遅れを取り戻すための白星が、一つ増えてしまった。

今日は敗因を客観的に分析できないだろうという顧問の判断で、反省会は明日の日曜日まで持ち越しになっている。

とはいえ、今から全員で学校へ戻る予定だ。

そのとき、サエこと三村彩恵《みむらさえ》——優花の親友が声をあげた。

「……あれ？　ユッカは？」

そこで初めて一同、優花がいないことに気づく。

誰もが怪訝《けげん》な顔を見せ合って、答えられる者は一人もいない。

ますます重苦しくなる空気のなか、彩恵がポツリと呟いた。

「……やっぱ、ユッカが一番ショックだよね……」

部の中に、リーダーである優花を責める気配は微塵もなかった。

だが、誰でもない優花本人が、自分を許せないのだろう。

歩武にはそれがわかった。

だから、衝動的に一歩進み出る。

「あ、あのっ……俺が林先輩を探してきます！」

彼の珍しい自己主張に、顧問は少し迷ったようだ。

だが最後には軽く息を吐き、「わかった」と認めてくれた。

「林が見つかったら、俺の携帯に連絡しろ。あとはそのまま、帰っていい」

「はい！」

歩武は他の部員達にも一礼し、仙波学園の敷地内へ駆け戻った。

（でも、どこから探せばいいんだろう……）

勢い任せに動きだしたものの、歩武は困ってしまった。

この学校に立ち入るのなんて、今日が初めてだ。傷心の先輩が行きそうな場所もまったく心当たりがない。

ひとまず、さっきまでいた剣道場へ戻ってみたが、こっそり覗くと、仙波学園の面々が勝ちムードで沸き立っているだけだった。

（それはそうだよね……）

たぶん、優花はどこか静かな場所で落ち込んでいる。

それに彼女が自分たちから離れたタイミングは、剣道場を出てすぐのはずだ。あまり遠くへは行っていないかもしれない。

そう考えて周囲を見まわせば、近くに校舎の裏手へ通じていそうな道があった。

（あっち……かな？）

歩武はとにかく探してみることにした。

思ったとおり、優花は日が当たらない校舎裏に立っていた。両手を身体の脇で握り締め、ジッと地面を見つめて立っている。

まだ距離があるため、表情まではわからないが、大声で呼ぶのは気が引けて、歩武はそっと歩み寄った。

その途中で気づく。

優花は、肩も拳も、小刻みに震わせているのだ。

「う……く……ぅぅ……」

泣いてはいないものの、それは彼女が懸命に堪《こら》えているからにすぎない。

下手《へた》に声をかけたら、それがとどめとなり、堰を切ったように涙を溢れさせてしまいそうだった。

きっと優花はこれを他の部員に見られたくなくて、一人離れたのだ。

(こんなとき、どうやって元気づければいいの……？)

歩武は全力で考えるが、答えは出ない。

漫画やアニメの似た場面まで振り返ってみたが、結果は同じだった。

——そうだ。

こんなときにかけられる言葉なんてない。

少なくとも先輩は、単独で向き合うことを選んだ。

そこへ土足で入り込むなど、誰であっても許されない。

――しかし。

――それでも。

何食わぬ顔で立ち去るなんて、歩武にはできなかった。

(だって、先輩があんなに傷ついているのに……)

いったい、自分は何をしたいのか。

歩武は自問し、今度こそ結論を出す。

それは歪《いびつ》で、自己満足でしかない行動だ。

しかし、彼なりに真剣なものだった。


歩武は仙波学園の剣道場へ戻ると、片付けに入っている部員たちへ叫ぶ。

「あの！　失礼します！」

途端に全員が手を休めて、いっせいに目を向けてきた。

それらすべてを受け止め、歩武はさらに声を張り上げる。

「俺、竜ヶ園学院剣道部、一年の芦田歩武といいますっ！　鈴城文乃さんに、お願いがあって来ました！」

「私に……？　何かな？」

名指しされた文乃は、ハスキーな声で尋ねてくる。内心では困惑しているのかもしれないが、態度は至って落ち着いていた。

そんな彼女へ、歩武は深く頭を下げる。

「どうか……こ、この場で、俺と試合をしてください！」

途端にさらなる困惑の空気が、剣道場内へ広がった。

当然だろう。

無意味かつ無礼なのは、歩武だってわかっている。

いや、はっきり言って愚挙だ。

下っ端の自分が勝手なことをすれば、今まで続いた両校の良好な関係が壊れかねない。

優花だって喜ばないだろう。むしろ怒りだすかもしれない。

しかし、歩武はこれしか思いつかなかった。

恨みではなく、敵討ちでもなく、ただ彼女がぶつかった壁へ、自分も立ち向かいたい。

頭を下げたまま、彼が待っていると、文乃は穏やかに返事してくれた。

「わかったよ、受けて立とう」

その口調からは、大物らしい鷹揚さが感じられる。

無茶な訴えの理由すら、尋ねてこない。

申し込んだ歩武自身、顔を上げながら意外な気持ちだ。

そんな彼へ、文乃は微笑を見せてから、傍らの顧問に目を移した。

「いいですよね、先生」

「お前に任せるよ」

顧問もどこか諦めたように、頷《うなず》いてくれる。

「っ……ありがとうございます！」

歩武はもう一度、この場の全員へ大きく頭を下げたのだった。

歩武は持ってきていた自分の道着と防具へ着替え、ほぼ同じ格好の文乃と向かい合った。

「始め！」

審判を引き受けた仙波学園の顧問が号令を発し、

「たぁあっ！」

「やぁあっ！」

さっそく気合をぶつけ合う。

文乃の強さなら、歩武もすでにわかっているつもりだった。しかし、実際に対峙すると、プレッシャーは予想を超えて凄まじい。

手の内だって、一回試合を見ただけでは、ほとんどわからない。

しかし歩武は、実力差を少しでも埋めようと、全神経を集中しつづけた。

唯一、勝ち目があるとすれば、守りの体勢からチャンスを見つけて、反撃に転じる場合のみだ。

そう考えていたのに、文乃が間合いを詰めてきた途端、防戦一方に追い込まれてしまった。

文乃の鋭い太刀筋は、防ぐだけでやっとだ。守りに徹しているから、決定打は食らわずに済むものの、とても打ち返すどころではない。

だが、歩武も諦めなかった。

優花のおかげで目覚めた度胸を武器に、ひたすら反撃の糸口を待ちつづける。

そして、残り時間が二十秒を切ったところで、ついに文乃が初めての大振りを見せた。

「めぇえん！」

突進めいた動きと共に、迫ってくる竹刀。動きにはまったく無駄がなかったが、歩武が返せるとしたらここだけだ。

少年も一気に踏み込んで、横なぎに竹刀を払う。

「どぉおうっ！」

すれ違いざま、双方の竹刀は、ほとんど同時にヒットした。

「一本！」

顧問が大声で告げて、勝者を示す旗をあげた。


「礼！」

顧問の号令に従い、歩武は文乃と頭を下げ合う。

一瞬にも満たない差だが、先に決まったのは文乃の面のほうだ。

その結果は無念で、喪失感さえ伴《ともな》う。

だが、全力を尽くした結果だけに、歩武は感謝の念も強まった。

優花と違い、悔し涙も出てこない。

（やっぱり……先輩と完全に同じものを見るのは無理なんだな……）

きっと、今日までに積み重ねてきた試合への想いが決定的に足りないのだ。

ともあれこれ以上、文乃たちに失礼な態度は見せられなかった。

歩武は防具を外すため、剣道場の端へ移動しようとする。

そこで体の向きを変え、戸口の人影に気づいた。

彼女は熱で浮かされたかのように、こちらを見ていた。

そして、歩武が硬直したことで、急にキッと綺麗な顔を引き締める。

(林先輩……!)

さっきまで校舎裏にいたはずの優花が、いつの間にか、剣道場へ来ていたのだ。

そして、真っすぐこちらへ近づいてくる。

「芦田君、何やってるの!」

一声叱りつけたあと、彼女は文乃に対して頭を下げる。

「うちの一年が迷惑かけてごめんっ。あとでちゃんと、わたしが言って聞かせるから、許してあげて!」

「気にしないでいいよ。応じようと判断したのは私だしね。何より……林さんの後輩らしい、清々《すがすが》しくていい選手だった」

文乃の口調はおおらかなままだった。さらに面で顔が隠れているのを補うように、手を横へ振ってみせる。

優花はさらに何か言いかけたものの、途中でそれを飲み込んだ。

「と、とにかく部としても、あとでもう一度お詫びに来るから！」

最後にそれだけ言って、小手越しに歩武の手首を摑む。

「行こう、芦田君！」

「え、でも……この格好じゃ……っ」

更衣室で制服へ着替えなければ、校外へ出られない。

そう言おうとしたものの、歩武は面すら取れないまま、剣道場から引きずり出されてしまった。


「待ってください……先輩！」

歩武が呼び止めても、優花は耳を貸してくれず、ズンズン歩きつづけた。

(やっぱり、本気で怒っているんだ……！)

そう思うと、後悔こそないものの、歩武は絶望的な気分になる。

(ま、まさか……先輩との関係も、これで終わりに!?)

だが連れていかれたのは、校門ではなかった。さっきまで優花がいた校舎裏へ、問答無用で引っ張り込まれたのだ。

そこでやっと優花も足を止め、前方を見据えたまま、聞いてくる。

「……あんな無茶をやったのは、わたしが泣きそうなのを見ちゃったから、なんだよね……？」

「え、あの……そのっ……」

図星を指されただけでなく、いきなり雰囲気まで変わったので、歩武は戸惑う。

先ほど優花の言動が厳しかったのは、部長としての立場があったためかもしれない。

とはいえ、ここで彼女を見つけたことは、気づかれていなかったはずだ。

その疑問を察してか、優花は身体ごと振り返り、かすかに苦笑する。

「だって、芦田君が鈴城さんへ挑戦する理由、他に思いつかないもん。でも、敵討ちとかじゃない……よね？」

「っ、はいっ……。自分でも理由は言葉にできません。ただ、どうしても何かをしたくなって、俺……！」

「うん、わかった」

曖昧な答えなのに、彼女は納得してくれたようで、歩武の手首を放した。それからもう一度、両手で握り直してくる。

「お願い！　芦田君……今すぐ告白して！」

「は……？　え？　え？」

予想外すぎるセリフだった。

しかし優花の瞳は、どこまでも一途な光を宿す。

「だって、あんな真剣勝負を見たあとでまだお預けだなんて、我慢できないよ！　かっこよかった！　芦田君、最高にかっこよかったよ！」

「先輩……！」

歩武も心が熱くなった。

気の利いた言葉なんて、まだ用意できていない。

それでも優花の願いに応えたくて、空いていた手を彼女の手へかぶせる。

面越しに見つめ、震えそうな声に気合を入れて、きっぱり言い切った。

「林先輩っ……俺は、あなたが大好きですっ！」

「っ！」

「この半年以上の間、ずっとあなたに憧れてきました。どうか……俺とっ、お付き合いしてくださいっ！」

途端に優花も、泣き笑いの顔となる。

「うん、喜んで……！」

その瞬間の感激は大きすぎて、かえって少年の頭を真っ白にしてしまった。

金縛りになる後輩の前で、優花はさらに目を潤ませる。だが、笑みのほうも大きくする。

「面がなければ、今すぐキスできたのにねっ。……じゃあ、学校へ戻ろっ。さっきのことを先生へ報告して、いっしょに謝って……そのあとはどっちかの家で、思いっきりイチャイチャしちゃおうよっ！」

歩武はもう言葉もなく——恋人となった憧れの相手に、何度も頷くのがやっとだった。


顧問への連絡は携帯ですればいいということになっていたが、事情が変わったので、優花といっしょに学校へ戻った。

そのうえでしっかり謝り、学校をあとにしたのは、およそ一時間後のことだった。

イチャイチャする場所は、優花の部屋に決まった。

彼女の両親は、今日も夜中まで帰ってこないという。

あとは二人で夕食を済ませ、シャワーも交替で浴びた。

行為の開始は、優花の愛撫からだった。

「ふぁあむっ……ふ、えむっ、おぅぅふっ！　どう、芦田君っ？　わたし、ちゃんと上手《じょうず》になってる？」

「はいっ、いいです！　俺……前回より、もっともっと気持ちよくなれています……！」

「んふっ、そうなんだ……っ！　ん、ぢゅるるぅっ！」

「ぅあ……ぁああっ？　すごいっ、ですぅっ!?」

歩武は呻きながら、ペニスへの快感だけでなく、優花の含み笑いにも心を乱される。

今は、全裸でベッドへ腰かけ、男でも恥ずかしいぐらい、股を拡げている最中だ。

さらに後ろへ手をついて、恋人となった女性に急所を差し出していた。

一方、優花は床の上にいる。歩武の脚の間で、両膝をつく体勢を取っている。

まだブラジャーとショーツは身体に残していたものの、ある意味、裸よりも淫猥な格好だろう。

何しろ、彼女が初めての恋人エッチのために選んだ勝負下着は、露出度過多の黒いランジェリーだ。

そのデザインときたら、明らかに肢体を隠すのではなく、淫らに飾ることを狙っている。

たとえばショーツは紐さながらで、引き締まった尻の双丘を丸見えにしつつ、谷間と股間を最低限隠し、歩武の想像力に働きかける。

ブラジャーもほとんど薄いレース地でできており、巨乳の白さを妖しく透けさせていた。今はカップが身体の陰に隠れているものの、肩甲骨から背骨にかけての美しいライン上で、細いストラップがアクセントだ。

「これなら大人っぽいよね？　わたし、君の先輩でもあるんだからっ」

下着姿を披露した優花は、身体の前でモジモジ手を重ねた。

だが、大人でもこんな下着を着ける人は少ないのではなかろうか。

耳年増の彼女らしいチョイスだった。

とはいえ、歩武も愛欲をばっちり刺激されて、ペニスがみるみるそそり立つ。今は臍近くまで反った状態から、恋人の右手で引き起こされているところだ。

優花はパンクしそうに見える亀頭を優しく撫でまわし、エラも執拗になぞり上げる。

直前に交わされたばかりの会話どおり、テクニックは短期間で、目覚ましく上達していた。

特に、絶妙の力加減でカリ首を擦られると、歩武は張り巡らされた神経が、直火《じかび》で炙《あぶ》られるように熱い。

鈴口も官能の痺れによって、カウパー氏腺液をヌルヌルと垂れ流した。

「んはふっ……ぅあぁうっ……んんぁむっ！」

優花の声がくぐもるのは、グロテスクな逸物へ顔を寄せ、舌も存分に使っているためだ。

彼女は口周りが汚れてもかまわずに、舌のザラつきで鈴口を撫で、唾液と先走りをグチュチュ混ぜる。

ヌメりでスピードを上げた舌は、亀頭の丸みも遠慮なく縁取って、弾ける疼きで、追加の先走り汁を引き出した。

己《おのれ》のはしたなさを、優花もわかっているのだろう。思いがけないタイミングで歩武と目が合ったときには、パッと顔を伏せてしまう。

だが、そんな恥じらいすら、彼女は恋人を滾《たぎ》らせるための活力にした。照れたあとは必ず、後ろへ突き出す美尻をスローモーションめいたペースでくねらせ、淫らにアピールしてくるのだ。

併せて、喘ぎ声もわざと大きく響かせた。

「んぁあぇぇうっ、ぉむっ、ぅ……ふぅうんっ！」

と、彼女は不意に身体を起こす。右手で亀頭を転がしつつ、もう逃げることなく、歩武を見つめた。

「せっかく恋人同士になったんだもん。今までやらなかったことも試してみるね？」

姿勢が変われば、彼女のバスト近辺も再び見えた。

ブラジャーがまともに隠すのは、特大の丸みを支えるための下半分のみだ。上は乳首すれすれのところまで透けて、ジッと凝視しつづければ、乳輪が見えてしまいそうだった。

「よ……よろしくお願いします……っ」

歩武が痺れに震えながら頷けば、優花はペニスを完全に放した。

そうしてヌルつく両手を自分の背後へ回し、身体を少し前へ傾ける。

すぐにホックが外され、ブラのカップも下へとずれた。

「う、あ……」

黒下着のデコレーションで性欲を煽られたあとだけに、歩武は露となった特大のバストへ意識が釘づけとなる。

色白の表面は際限なく柔らかそうで、半面、ボリュームたっぷりに重たそうだ。

乳輪と乳首も、幻想的なまでに淡いピンク色ながら、あられもなく尖りきっていた。

「やっぱり……芦田君も大きなおっぱいが好きなんだ？」

優花がそっと両手で乳頭を隠しつつ、上目遣いで確認してくる。

「あ……え、ええと……はいっ……」

本当はサイズにこだわりはなく、〝優花の胸だから〟好きなのだが、ともかく惹かれるのは事実だ。

彼の率直さに、優花も目を細めた。

「えへっ……こんなに大きいと、竹刀を振るには邪魔なんだけどねー。でも、芦田君を興奮させられるなら断然オッケー。今日はこの胸を使っちゃうよ？」

かぶせられたばかりの手が、すんなりどけられる。もっとも手のひらが軽く当たっただけで、バストは恋人を招くようにプルルンッと揺れた。

その光景で、パイズリという単語が、歩武の頭に閃《ひらめ》く。二つの乳房でペニスを挟み、やわやわとしごき立てるやり方だ。

彼も映像の中でしか知らないが、たぶん、触覚以上に視覚で楽しむのではないかと思う。まして、優花のパイズリ姿なら、鼻血の出そうな色っぽさだろう。

そんな彼の昂《たかぶ》りを見抜いたように、優花は両手で乳房をたくし上げた。

途端に綺麗だった二つの曲線が、大きくひしゃげ、さらに左右いっぱいに拡げられる。

　そこで再度、優花の上半身が倒れ込んでくる。予感は当たっていたらしく、新たにペニスへ寄せられたのは、赤らむ美貌ではなく、使うと言ったばかりの胸元だ。

　愛撫と離れていたペニスは、腹へくっつきそうな角度へ戻っていた。

　それを優花は、ふくよかな肌で両側から挟む。あとは乳肉を手で圧して、温かな谷間を一気に狭めた。

　歩武は手とバストによる圧迫だけでなく、優花の体重まで下腹部へかけられる。己の薄い腹と二つの丸みに、前後からペニスを包囲される格好だった。

「ふ、ぅうっ!?」

　美乳の柔軟さを、改めて思い知らされた。

　優花の肌には小粒の汗が浮いていて、蒸されたカリ首がふやけそうになる。体温にものぼせかけてしまう。

　加えて、巨乳が原形をとどめないまでに歪む様を、目《ま》の当たりにした。その光景は、初心《うぶ》な期待を上まわるふしだらさだ。

「ちゃんと挟むのって、んんっ、なかなか難しいね……っ」

　優花が語尾をかすれさせるのは、少年の股座《またぐら》で潰れた乳首が、ムズムズと疼くためかもしれない。

とはいえ、その行動力は健在で、彼女は乳首をさらに歩武へ擦りつけながら、ペニスをしっかり押さえる。平たくなりかけたバストを無理やり中央へ寄せ、肉幹と隙間なくくっつける。

張り出すカリ首の陰へも、柔肌をみっちり絡みつかせた。

これだけで、歩武には思いがけない悦楽だ。剛直と好対照な豊満さに、心の底から魅了されてしまう。

しかも、せっかちな優花は、どんどんステップを進めたいらしい。

「さあ……始めるねっ？」

そう言ってすぐ、手を操りはじめた。乳肉を左右揃えて押し上げたあと、休まずにズリズリと下げる。

まずは具合を確かめるための力加減らしい。

潤滑油もとっくに十分だったから、牡粘膜は側面を重点的に擦られた。

「は、ぅぅぅっ……」

甘えたくなる痺れと、蕩けるような包容力。

熱めの湯船に浸かる心地で、歩武も心地よさを堪能した。

とはいえ、律動が緩やかだったのは、最初だけだ。

優花はほんの数往復のうちに、腰と腿を連動させられると思いついたらしい。あとは半裸の上半身を不規則にくねらせ、乳肉と男根をねっとり睦み合わせだした。

こうなると、歩武の竿も根元から揺らされる。特に先端部分は振れ幅が大きく、伸び切ったところを柔肉で磨かれた。そのうえ、歩武自身の腹へも亀頭の表面が押し当てられつづける。

「は、ぅうっ……先輩っ……」

触覚がささやかなんて勘違いだ。

のんびり愉しむ段階から、趣《おもむき》が露骨に変わり、歩武は眉根を寄せながら優花を見下ろした。

そして見たのは、ポニーテールの奥で、またもや後ろへ突き出された優花のヒップだった。

甘えるように、媚びるように、誘惑するように、黒ショーツ付きでユラユラ揺れるはしたなさは、みんなの人気者である女子部長が、恋人限定でストリップショーを始めたかのようだった。

「はぅうっ……んぅぅんぅう……芦田君のおち×ちん、んんぅ、今日も硬いよぉ……わたしのおっぱい、破けちゃいそぉ、かもぉ……」

乳首がますます悩ましくなったのか、優花も呼吸をいっそう乱していた。

こんな痴態を黙って見ていたらどうにかなりそうで、歩武は意識して、喉を震わせる。

「俺のほうこそ気持ちよくて、お……おち×ちんっ壊されそうですっ……先輩の胸っ……すごく柔らかい……ですっ！」

途端に、優花がビクッとわなないた。彼女は恋人の感想へ強がりの笑みを返す。

「なら……バッチリやれてるんだねっ？　あはっ、だったらこういうのはどう？」

優花は急に腰を停止させ、再び手を中心に使いだした。

ただし、今度は左右のバストを、互い違いに上下させる。

右の膨らみを浮かせながら、左のバストは引き下げた。ついで、左のバストに肉幹を遡《さかのぼ》らせながら、右のバストを直滑降だ。

下から盛大に押された歩武のカリ首は、裏返りそうに痺れたし、下がる動きだと、亀頭もいっしょにほぐされて、広範囲がビリビリ疼いた。

それが左右で連発される。慣れるなんてとうてい無理だ。

やがて、優花はほんの少しだけ身体を下げた。その動きで、竿を自分のほうへ引き寄せる。

変化はわずかだが、ペニスは四方を乳房で挟まれた。

「あ、うっ……先輩っ！」

重み混じりの圧力こそ和らいだものの、歩武はエロティックな柔らかさを、いちだんと感じ取る。

しかも、優花は動きやすくなったらしく、美尻を浮き沈みさせながら、上半身も派手にうねらせた。片道ごとのストロークももっと長くする。

もはや、パイズリによる酩酊感は、フェラチオに負けない濃密さだった。

竿の表皮を下へ下へと手繰《たぐ》りながら、優花は亀頭を張りつめさせる。あるいは背筋をしなやかに反らして、エラを思いきり持ち上げる。

「おち×ちん……あぁ、芦田君のおチ×ポ、ヌルヌルだよぉ……っ」

手を使うことも止めていないので、巨乳は縦長に潰れっぱなしで、ますます肉棒へ応じたかたちとなった。動かし方も左右揃えた往復へ戻り、肢体のピストンへ、さらなるうねりが追加される。

歩武のモノは、鈴口すらほとんど外へ出なくなっていた。少しだけ先端を覗かせるときも、我慢汁で濡れっぱなしだから、まるで肉悦の沼に沈みかけているようだ。

「ほらっ……こうやるほうがっ、おち×ちんをしっかり擦れる……でしょっ？」

挑戦がどんどん成功し、優花は得意そうだった。

歩武も息を荒げて返事する。

「はいっ……俺っ、胸でされるのがこんなに気持ちいいなんてっ、ぜんぜん知りませんでした……！　あのっ、先輩っ……もっといろいろ教えてくださいっ！」

「うんっ！　今度は……こうだっ！」

優花は蠱惑《こわく》的なまなざしを、アップアップと乳肉に沈む亀頭の先端へ向けた。

「んはっ……逞しくなっても、やっぱり芦田君のおチ×ポ、ちょっとだけ可愛いなっ……えへへっ、だぁい好きっ！　ん……あぁおっ！」

優花はそのまま舌を伸ばして、牡肉を突いてくる。

鈴口を直撃するその勢いは、下半身のバネを効かせた動き方にも影響を受けていた。

背筋が上がれば舌も真っすぐ浮いて、腰が下がれば唇ごと落ちてくる。

舌が遠ざかるときだって、乳房が持ち上がって、すかさず亀頭を閉じ込めた。左右から牡粘膜を愛でて、降りるときにはエラも肉幹も延々としごく。

両側からの圧迫が緩んだときは、また舌がこじ開けんばかりに鈴口へ衝突する。

「ふ、くぁあっ!?」

乳房と舌は協力してペニスを嬲るかのようだった。そのくせ、同じ獲物を取り合うようでもあった。

どちらにせよ、ペニスに逃げ道はない。優花の望むペースで、快楽を注がれつづける。

歩武はすっかり追いつめられてしまった。もっとパイズリをしてほしいのに、どうしても粘り切れない。

竿の奥には精液が集まり、まるで自分たちも可愛がってほしいといわんばかりだ。射精まで、きっとあと一分か二分もないだろう。

反面、先輩の巨乳をザーメンで白く汚してしまう想像には、背徳感と肉欲が加速した。

「出ますっ……俺っ、このままだとっ、胸だけで……くぅうっ！」

切羽詰まったその訴えも、優花にとっては火に油だった。

「んぁっ、いいよっ、好きなときに……出してぇ……っ！」

彼女はペニスをあやすかのように、巨乳ごと抱いて、左右へ揺する。

「ほらほらっ、ほらっ！　えーいっ！」

「先輩っ、く、くぅうっ!?」

竿へかかる快楽が強まって、スペルマを発射するための、さらなる力に変わっていった。

最後に歩武を後押ししたのは、懇願めいた優花の喘ぎ声だ。

「出して……っ！　芦田君っ、わたしのおっぱいを、君の精液でグチャグチャにしちゃってぇっ！」

ペニスの硬さに興奮してか、優花も秘所を貫かれたような媚態を見せている。

「先輩っ！」

脳内で再生された膣肉の蠢きと、現在進行形のパイズリ。双方が歩武の中で重なって、ついに精液は肉幹の中ほどへせり上がった。

あとはもう、極めつきの開放感へ酔いしれるしかない。

「出ますっ、出ますぅっ！　うぁあっ……先輩ぃいっ！」

ついに歩武も尻を浮かせ、さんざん剛直を搾ってきたはしたない乳肉を抉り返した。

「はぅうんっ!?」

ちょうどバストを下ろしていた優花も、牡肉の突進に声を弾ませる。

それを合図として、こってりと濃いスペルマが、鈴口を突っ切った。

ビュクッ、ドクッ、ビュブッと続けざまに噴き上がる汚濁の塊《かたまり》は、生臭さをまき散らしつつ、真上にあった恋人の舌にへばりつく。さらに二人が期待したとおり、下唇で跳ね返って、乳房の合わせ目にも降り注いだ。

「ふぁぶっ？　んぁっ、ゃうんぅっ!?」

牡の臭気とエグ味に侵されて、優花が硬直しかける。

彼女は鈴口へのめり込むように身震いし、それから条件反射さながら、亀頭へまとわりつく白濁の残りを舐《ねぶ》り取った。

「うぇう……!?」

奇襲めいた肉悦に歩武が喘いだところで、彼女は顔を上げ、乳房も両方とも手放した。

離れる怒張とバストの間で、子種が何本も糸を引く。

優花はそれを指先ですくい取り、水飴でもつまみ食いするように口元へ運んだ。

「んんっ」

決して美味しくはないだろうに、すべて飲み下す。それから歩武に見られていることを思い出したように、照れくさそうな目線を向けてきた。

「まだ時間あるよね？　今日こそ、芦田君にやってほしいな……」

それは一回目のセックスから、保留になっていたことだ。

責めるのと受け身と、どちらが自分向きか、優花はずっと知りたがっている。

「はい……っ。俺もこのまま続けたいです……！」

歩武も肉欲がますます滾《たぎ》っていた。


後輩と位置を入れ替え、優花はベッドへ仰向けに横たわった。

その紅潮した健康的な肢体の上で、ブラジャーの支えをなくしたバストは、平たくひしゃげている。とはいえ、自前の瑞々《みずみず》しさがたっぷりだから、まるでマシュマロさながら、丸みを四方へ宿していた。

そこへ絡みつくのは。パウダーシュガーではなく、ネバつくザーメンや我慢汁、性の昂りで浮いた汗だ。

乳首もはしたなくしこり、その淡いピンク色まで、精の白さに上塗りされていた。

彼女が微かに身じろぎするだけでも、乳肉はタプッタプッと重みを持って揺れる。

その色っぽさに、歩武は後先考えず飛びつきたくなった。

さらに優花が、可憐に誘ってくる。

「来て、芦田君……。わたし……ずっと待ってたんだよ……？」

「はいっ……！」

歩武は恋人の右太腿を跨ぎ、ベッドの上へ両膝をついている。

そこから視線を移せば、引き締まった括れとお臍も汗びっしょりだ。バストと違ってなだらかなため、いちだんと無防備に見える。

さらに下ると、ショーツのかかる股間部があった。ショーツの黒さによって、肌の瑞々しさはいっそう映える。

しかも愛液によって、半透明のレースが秘所にべったり貼りつき、ぷっくりした大陰唇の形まで、くっきり浮き上がっていた。甘酸っぱい牝の匂いも、発散されまくりだ。

この時点ですでに、歩武は頭がクラクラする。

「脱がせ……ます……っ」

彼は生唾を飲んでから、優花の脚の間へ身体をずらした。両手でショーツの端を摘まみ、丁寧に下ろしだす。

びしょ濡れのため少し脱がせづらかったが、優花もモゾモゾとヒップを上げてくれて、どうにか足首から完全に抜くことができた。

これで優花は、髪を留めるバンド以外、何も身に着けていない状態だ。

今日も、陰毛は全部剃られ、股間部のラインが丸見えになっている。

先輩の割れ目の形が可愛いことを、歩武は再認識させられた。

騎乗位でペニスを頬張られたあとであっても、その印象は変わらない。

偏《かたよ》った知識しかないまま、セックスのよさを覚えてしまったような、危うい無邪気さが漂うのだ。

そう思いながら見れば、微かにはみ出た小陰唇も、どこか悪戯っ子めいていた。

今日は自分から動いて、ペニスをここに入れるわけで——。

歩武は再び喉を鳴らして、意識を現実へ戻す。

優花のふくらはぎを優しく摑めば、彼女もされるがままに、脚を開いてくれた。

出来上がったスペースの中央で、少年は腰の位置を低く変える。ずっと屹立したままの逸物を右手で握る。

左手の指は陰唇の縁へひっかけて、割れ目を少しだけ開いた。

「先輩っ……」

「……うん……っ」

受け身のセックスは初めてだから、優花も緊張している。彼女がおっかなびっくり目を閉じるのを待って、歩武はペニスを膣口へ当てられるように倒した。

陰茎の根元を見舞う重みに呻きながら、指で開いたヴァギナの間へ、亀頭をクッと押しつける。

「んんっ……！」

拡げ方が不十分だったため、小陰唇がねちっこく牡粘膜を挟み込んできた。だが、もっと奥に潜む粘膜の壁にも、鈴口を迎えられた。

女体の温もりは湯気を立てんばかりだ。

歩武はそこから亀頭を上下にスライドさせて、極小の膣口を探す。

途端に、優花がくすぐったそうに身を捩らせた。

「先輩っ……!?」

「ご、ごめんね……！　わたし、もうムズムズしてちゃってるっ……芦田君のおち×ちんと擦れてっ、あン！」

「それなら俺もです……！　先輩のお、おマ×、コにっ……触ってると気持ちいいですっ！」

濡れた牝粘膜に撫で返されて、歩武の悩ましさは急上昇だった。自分の動き次第で割れ目がたわむ眺めにも、つい目が血走ってしまう。

とはいえ、今までの経験もあって、さほど手こずることもなく、膣口を見つけることができた。

相変わらず、秘所は異物を入れられそうにないほど小さいが、奥にはいかにも熱がこもっていそうだ。

あとは腰を進めれば、また先輩と一つになれるのだ。

勢い余り、歩武は直球で声を張り上げていた。

「先輩……っ！　愛していますっ！」

「ぃっ、ひぇっ⁉」

優花も結合を待って身を固くしていたところだ。反射的に右肘をついて、上体まで起こしかける。

そんなタイミングで、歩武は膣口を割り開いた。

ズブズブブッと、長い肉棒が一直線に潜り込む。

大声を出したせいで腹筋に力が入り、自分で狙った以上の逞しさとなった。

しかも、優花の中は記憶以上に狭くて、居並ぶ襞が壁のように重なり合っている。

弱い亀頭をねじ込めば、粘膜同士の衝突がすさまじい。

「く、ぅ、くぅううっ⁉」

もはや速度を落とせず、歩武はどんどん進んだ。

肉の道をグリグリこじ開け、自分もグチュグチュねぶり返されるのは、二度目であっても、思考と肉体が寸断されそうな倒錯感を呼ぶ。

挙句、終点の分厚い肉壁に、亀頭を強く叩きつけてしまった。

鈴口は一際歪み、神経内では追い討ちの愉悦が爆《は》ぜる。

「はぐぅうっ!?」

歯を食いしばる歩武の下で、優花も片肘をシーツにつけたまま、硬直しきっていた。

「ひぁああっ？　んきひぃいいっ!?」

そんなケダモノめいたよがり声が溢れたのすら、一拍以上も竦《すく》んだあとだ。

そこから彼女は、胎内で渦巻く衝撃を制御したがるように、何度もポニーテールを揺らした。

「あ、く、ふぁああっ！　やっ、やっ、はぁぁんっ！」

「す、すみませ……っ……」

歩武はとっさに謝りかける。

しかし、優花はそれを阻《はば》んで、首をいっそう振りたくった。そして引き攣る唇で、懇願してくる。

「続けてぇえっ！　芦田君は好きなだけ、わたしのおマ×コを掻きまわしていいんだからぁあっ！」

その声色《こわいろ》は切れぎれでありながら、歩武に有無を言わせなかった。

「はいっ、先輩っ！」

歩武のほうも決壊寸前と思えた股間へ再び力を込め、怒張を引っこ抜きにかかる。

その瞬間から、膣壁との摩擦が逆向きになった。さっきまで突入を遮《さえぎ》っていた牝襞も、追いすがるように怒張へまとわりついてくる。

神経へ流し込まれる落雷じみた快楽に、少年は早々と理性が蒸発しかけた。

「く……はぅう！　ふ、ぅううっ⁉」

下半身から力が抜けそうだ。にもかかわらず、挿入したときと同じく、腰は勝手に動きつづける。

おかげで疼きは過激化の一途で、全身をチリチリ炙った。

それに抗うつもりで、歩武はまた吠える。

「愛していますっ！　林先輩ぃっ！」

「んひぃあっ？　は、うっぅううっ⁉」

優花も襞を外向きに逆撫《さか》でされて、むせび泣いていたところだ。

危なっかしくわななき、特大の乳房を揺さぶり、膣肉もさらに狭くする。

「もう一回……っ！　お願いぃっ！　今のっもう一回言ってぇえっ！」

なりふりかまわないおねだりに、歩武は腰の裏までゾクゾク疼いた。その情欲を爆発させて、さらに声を張り上げる。

「愛しています！　林先輩っ！　ぅあっ、俺っ、あなたを本気で愛していますぅぅうっ！」

彼の神経内を走る電気信号は、もはや嵐のような荒れっぷりだ。上がりすぎたボルテージに、後退しながら目が眩んだ。

そこへ優花から熱烈な返事を投げかけられる。

「わたしもぉおっ！　わたしもっ……ぅあっあぁあっ！　愛してるぅっよぉっ！　芦田君には何でもしてあげたいのぉおおっ！」

「っ……！」

行為中に熱愛を告げられる喜びを、歩武も身をもって知った。

彼は背筋を伸ばし、

「俺っ……このまま動きつづけますっ！」

雄々しく告げたら、ちょうど抜けかけていたペニスを、全力で突き戻す。

自分がもらったばかりの感激を、優花の蜜壺へ直接送り込むつもりだ。

その勇猛さに、亀頭と肉壁もグニグニとたわんだ。

「んひぁあっ？　ぃひっ、ひぁああっ！　おチ×ポすごぃぃいひっ！」

優花は右肘で支えるのみだった上半身を、大きく傾ける。バランスを崩した左肩は、皺のできたシーツ上へ落ち、膣肉に想定外の捻りを加えた。

深く突き立ったばかりの男根も、あらぬ角度へ捩じられる。

「ふ……ぐっ！」

歩武はえずくように背中を丸めた。

だが、そのショックから少しだけ回復したら、後は即座に腰を下げる。肉悦の証《あかし》であるふしだらな愛液を外へかき出して、そのまま痺れっぱなしのペニスで、無我夢中の律動を連発しはじめた。

「ふぐっ、くっ、ぁうぅうっ！」

突っ込めば矢面に立つ亀頭が熱いし、下がればエラの裏まで捏ねられる。張り出すカリ首は、抜いても挿しても媚肉とぶつかり合って、湯気の立つような疼きが止まらない。

ジュボッズポッと、結合部の音も派手だった。さらに始まったばかりでありながら、優花の喘ぎは水音を掻き消さんばかりの大音量だ。

「ふぁああんっ！　やはぁああっ！　おち×ちんっ、すごい暴れ方っ、しちゃってるうぁあぉっ！　熱いのぉっ！　すごいのぉおぉおっ！」

「くぅうっ！　せ、先輩だって……俺のことをっ、キュウキュウ締めつけてますっ！」

歩武は肉悦と興奮で、前後不覚に陥りかけている。

だが、思考能力が乏しくなっても、恋人の快楽を追求することは忘れない。

というよりも、邪魔なものが削ぎ落とされて、二人の肉欲のためだけに集中できた。

「俺っ、ちゃんとやれてますかっ⁉」

唾を飛ばして問えば、優花もガクガク頷いてくれる。

「うんっ！　うんっ！　わたしぃっ、かひっ、か、身体をっ、ふおぉほっ！　ぉおチ×ポっでっ、めちゃくちゃにされるのぉっ、気持ちよすぎだよぉおぅうっ！」

感極まった彼女は、歩武の腹を叩きたがるように、左手を振りはじめる。実際は指先が臍の辺りをかすめる程度だが、駄々っ子めいた仕草が、歩武は愛おしい。

「先輩っ、俺っ、もっともっと頑張りますから！」

意気込む彼は下半身を使いつつ、恋人の巨乳にも目を向ける。

そのたわわな膨らみは、いくら四肢が痙攣しようと、柔軟なままだ。肉棒で体内から突き上げられるまま、ユッサユッサと躍り狂う。

中でも発情した意識を惹かれるのが、先端で弾き飛ばされそうな乳首だった。そこは優花がパイズリしながら、一番感じていた場所なのだ。

「くっ！　うっ！」

歩武はピンクの突起を捕まえるため、位置の定まらない巨乳を鷲掴みにした。

思いきってやったから、指は火照った肌へ深く食い込む。そのまま沈みそうな感触が、手のひらにも心地いい。

「ふあっ、やっ？　芦田……君っ⁉」

優花の狼狽《うろた》え声にも聞き惚れた。

しかし、あえて先に思いついたやり方にこだわり、乳首を二つとも摘まみ上げる。グミキャンディのような弾力に魅了されつつ、手のひらと他の指を浮かせ、刺激の対象を先端へ絞り込んだ。

「先輩っ、これだと胸、痛いですかっ⁉」

歩武が問えば、優花は強張っていた首を横へ振る。

「うぅんっ……いいっ、よ……ぉっ！　わたしっ、乱暴にされるのもぉっ、優しくされるのもっ……ぁあんっ！　合ってるっみたいぃいひっ！」

「だったらっ……もっとやってみます！」

許しをもらえた歩武は調子づき、摘まむ指をそのままに、両手を数センチは上昇させた。乳首を一本釣りさながら刺激して、巨乳も縦長に変形させていく。

さらにピストンも続けるから、突かれた肢体は前後して、バストを根元から波打たせた。

優花も涙で濡れた瞼をきつく閉じてよがる。

「ひぁあんっ！　乳首がっ、と、取れちゃうぅうっ!?」

「だったら……！」

「駄目ぇえっ！　やめないでぇええっ！　わたしっ、痛いのも気持ちいいんだからぁあっ！　芦田君のやり方っ、全部全部っ、身体で覚えさせてぇええっ！」

「だ、だったら……こうっ、ですかっ!?」

コリコリ硬い優花の乳首は、縦へひしゃげだしていた。

歩武が抽送を速めれば、その変形がいよいよ過激になる。ピンと張り詰めきった肌からも、愛らしい丸みはほとんど失われてしまった。

だが、優花は左手を歩武の二の腕へ張りつかせ、踵《かかと》のほうは抱きつくように腰へひっかけてくる。そうして自分から、貫かれたままの秘洞を揺さぶりだしていた。

「うんっ！　そ、それぇえっ！　芦田君のやり方っ、好きっ！　好きぃいいっ！」

「あ、ぅくっ！」

なりふりかまわない愛情表現に、歩武は亀頭を上下左右に揺らされる。四方八方から舐られる。

「お願いぃっ！　もっとっ！　もっともっとぉおっ！　もっとしてぇえへぁあっ！」

「はいっ！　やってみますっ！」

膣圧に負けじと、歩武はダイヤルを扱うみたいに乳首を捻った。そこで引いたペニスに力を込めて、ズズンと一気に猛進させる。

「は、ぅううっ！」

責める側でありながら、怒張が爆《は》ぜてしまいそうに疼くものの、優花へ注ぎ込める快楽は絶大だ。彼女は背筋をいちだんと反りかえらせて泣き叫んだ。

「ふぁああっ！　やぁあおぉあああっ⁉」

あとは全開にしていた口を、どうにかパクつかせる。

「うぁんっ、うんぅああ！　こんな意地悪ならっ、大歓迎だよぉっ！　わたしの身体はっ、君専用なんだからっぁああっ！」

「はいっ！　先輩っ！」

歩武もさらなる一押しをしたくなって、悦ばれている手を左乳首から離した。

「ふぁぁあっ？　や、止めちゃうのぉおっ!?」

優花は嘆くように鳴くが、歩武に手加減するつもりなんてない。すぐさま、彼は次の標的を指先で撫でた。

それは乳首以上に弱い場所。開いた陰唇の上端近くで、ひっそり息づいていたクリトリスだ。

とはいえ、その突起も愛欲で膨らみ、包皮からはみ出していた。

しかも、激しいピストンでガクガク動くため、指の腹をちょっと乗せるだけで、擦れ方はひたすら強烈だ。

「いきひっ？　いひゃぁぁああっ!?」

もどかしげな声音《こわね》も、一瞬で切羽詰まった喘ぎへ変わった。

はしたなく歩武に絡みついていた美脚も、ビクンビクンと痙攣しはじめる。

そこまで淫らに悶えるから、秘所の位置も揺らいだ。結合の角度は急激に変わるし、濡れ襞の群れだって、こなれるどころか、リミッターが壊れたような過激さで、男根をしゃぶりまわしてくる。

「ふぐっ!?」

牝襞の蠢きと愛液によって、ドロドロに消化されてしまうペニスを、歩武は半ば本気で想像した。

エラの四方はひたすら熱く、亀頭の内外では痺れと疼きが交錯だ。

慌てて尻を締め、いきなり絶頂感が強まるのは食い止めた。しかし、悦楽は強烈なままで、所詮は短時間の先延ばしにすぎない。

そうとわかってなお、歩武は頭に血が昇りきっており、恋人への責めを緩めたくならなかった。

何しろ、今日こそ本番のセックスでイッてもらえそうなのだ。

結局、迷ったのは数秒にも満たず、彼はピストンと別に指を走らせ、クリトリスをさらに転がした。

左手でも、右の乳首を引っ張りつづけた。

「ひあああっ？　やうっ！　ま、待ってぇえっ！　それはちょっと待ってぇぉおおっ!?」

ここまで何でも受け入れてくれたのに、突然、優花は罠にかかった牝獣のような必死さとなる。

肉棒と指で秘所を挟撃されて、彼女は左手をポニーテールの脇へと投げ出した。いやいやをするように首を振りたくった。

歩武は身を屈めて問いかける。

「嫌ですかっ？　い、痛いですかっ!?」

だが、優花は決して拒んでいる訳ではなかったのだ。

「違うのぉっ！　わたっ、ぃひいいっ！　び、びっくりしてっ……こんなに感じちゃうなんてぇっ、お、ほっ、ぉおぉあっ！　お、思ってなかったからぁああっ！」

許しを請うような声音だが、セリフ自体は歩武が望んでいたものだった。

こんなふうに言われたら止められるわけがない。

いきり立つ歩武は、ペニスを渾身の思いで走らせた。

思いきりぶっこ抜いて、同じ速さで奥まで打ち込む。大粒の汗を優花へ垂らしつつ、抜いて、挿して、抜いて、挿す。

もっとも自分も、達しかけたのを抑え込んでいる。着々と量を増す精液で、肉幹の底が破裂しそうに苦しかった。

「くっ……ぅうぅっ！」

もはや、尿道内が詰まりかけたと思うほどの、あからさまな昇天の前触れだ。

「イッてくださいっ！　俺っ、あなたを悪いチ×ポでイカせたいんですっ！」

わざと下品な言葉を使って、追加の活力を捻り出す。後は限界間近のペニスを振りかざし、ラストスパートに入った。クリトリスも弾き、右の乳首は引っ張ったままで徹底的に捻る。

悶える優花は、閉ざした目尻から、涙をボロボロこぼしていた。一方で口は開いたままだから、まるで号泣しているような狂態だ。

「うんっっっ！　ぃ、イクのぉっ、イクッ、わたしイクぅううっ！　気持ちよすぎへぇえあぁおっ！　こんなのっ、馬鹿みたいにイッちゃうよぉおあああっ！　芦田くぅううんぅうっ！　ぃ、ゃひぃいいいっ!?」

もう会話がかみ合っているとは思えない。

それでも歩武は吠えた。

「イッてくださいっ！　俺たちはもう恋人なんですからっ、ありのままの先輩をっ、俺に見せてくださいぃいっ！」

「ぃっ？　ぅあぁあああはあおああっ!?」

少なくとも、呼びかけの断片は届いていたらしい。恋人というフレーズが決め手になり、優花は背中をベッドから浮かせきる。全身で傾いたアーチを描きつつ、哀願するように叫び返した。

「ぃ、イクのぉおっ！　わたしっ、君の恋人チ×ポでぇっ、い、イカされちゃうぅぁああっ！」

「はいっ！　今日は俺がイカせますっ！　先輩をっ！　先輩ぃいっ！」

歩武も亀頭を子宮口へ食い込ませた。潰れた鈴口の焼けそうな感覚を勇んで食らいつくし、もう一度だけ腰を引く。居並ぶ襞を制圧し、残った力を掻き集めたら、最後は槌《つち》のように突進させた。

その下克上めいた猛攻に、優花は否応なくオルガスムスへ突き上げられる。

「うぁあぁあっ？　い、ひきあぁああっ！　おっきな恋人チ×ポ来てるよぉううぅっ！　わたひっ、わ、わたしイッちゃううぅっ！　イ……イクぅうっうぉあぁあああぁはぁあぁあやぁああっ！」

きっとそれは、彼女が思った以上のあられのなさだろう。

チャームポイントの一つだったしなやかさはすっかり失われ、腕も、脚も、肩も、そこら中が震えだしている。後頭部も枕へ擦りつけられ、ポニーテールはグシャグシャだ。

開いた口の中では、舌が痙攣しながら持ち上がり、極小の秘洞は、さらにさらに狭まって、蹂躙してきた男根を食い締める。

「く。あっ、うぁああっ！　先輩ぃいいっ！」

優花をイカせた満足感すらろくに味わえないまま、歩武の尿道も、中から開ききっていた。

出来上がったその道を、子種は真っすぐ踏破する。鈴口を押し開け、優花の子宮めがけて、先を争って噴き上がる。

クライマックスの法悦に、歩武は目の前が白く眩んだ。

「くぁっ……うっ、ぅぁううぐっ……！」

「ふぁぁっ……や……っ、あんぅうふっ！」

二人揃っての恥知らずな絶頂だ。歩武も優花も、自分の意思ではもう指一本動かせない。

そのくせ、大きいままのペニスは、秘洞内でわななきつづける。濡れ襞も、牡肉を咥え込んだままだ。

持ち主の意思を離れた一対《つい》の欲深い性器によって、歩武たちの愉悦は、なおも増産されつづけるのだった。

ほとんど失神状態だった優花が回復するには、それなりの時間が必要だった。

「エッチって……終わったあとが一番恥ずかしいよね……」

やっとしゃべれるようになった彼女は、自分の服を胸元に当てて身体を隠そうとしている。

とはいえ、布を上からかぶせただけだと、脇腹から脚にかけてが無防備だ。巨乳だって、ふとした拍子にまろび出そうになる。

そんな彼女と並んでベッドに座ると、歩武はついに恋人同士になれた喜びが、いちだんと高まってくる。

優花も満ち足りた表情で、天井を見上げた、

「でも……ますますわからなくなっちゃったなぁ」

「え、何がですか？」

「ほら、わたしは責めるのが好きなのか、責められるのが好きなのかって話……。おっぱいを使ってるときは、こっちがわたしに向いてるって自信を持てたのに……頭がバカになるぐらい芦田君からいじめられるのも、とぉーっても幸せ！」

「そ、そう、ですか……」

歩武は赤面しながら、真似して頭上に目をやる。とはいえ身体は正直で、すかさずペニスが屹立してしまった。

彼は上半身が裸で、下に穿いているのもトランクスだけなので、あっさり勃起が見

つかってしまう。

先輩兼恋人は、楽しさ半分、照れ半分の口調で聞いてきた。

「今、芦田君が反応しちゃったのは、どっちのほうを期待して？」

「や、まあ、その……」

ごまかそうかとも思ったが、すでに安易な逃げからは卒業しようと決めている。

「……両方です」

「そっかぁ……。だよねっ、うんっ。急いで正解を決めなくてもいいもんね？　これから二人でいろいろな経験、どんどん積んでいくんだからっ」

「そうですよ……っ」

受け答えするうち、歩武はさらに気持ちが浮きたった。

そんな彼の赤い顔を、優花が見つめてくる。

「でも、呼び方だけはここで決めておきたいな。『芦田君』と『林先輩』じゃ他人行儀すぎるし……っ」

「え……だったら『優花先輩』とかですか？」

ファーストネームを口にするだけでドギマギした。

なのに、優花は頬を膨らませる。

「先輩はいらないよ。よそよそしいままになっちゃう」

「『優花さん』？」

「うーん……もっと親密でいいと思うけど、しばらくはそれでっ」

セリフと裏腹に、優花は満面の笑みとなった。

さらに続けて言ってくる。

「わたしはガンガン攻めちゃうぞっ。芦田歩武君は、今日から『あー君』でっす！」

「え、え、え？」

さすがにこれは恥ずかしい。

目をしばたたかせる後輩に、優花はニンマリ笑う。

「こーら、挙動不審にならないでっ。渡嘉敷君には『アユ』って呼ばれてるじゃないっ」

「あいつはただの友だちですから……っ」

「わたし、密かにライバル視してたんだよー？」

「うぇ……っ」

いくら先輩の発言でも、これは否定してほしい。

歩武は思わず肩を落としかけたが、優花は追い討ちをかけるように聞いてきた。

「あー君って呼んで……いいよね？」

「それは……ええ、はい……」

歩武は答えたが、気になる点の確認はしておく。

「部活中は、今までどおりの呼び方ですよね？」

「う……まあ、そうだよね。残念だけど……」

優花に部長としての立場がある以上、一人の平部員と極度に親しくしているのがバレたらまずい。

「でも、サエと何人かには教えちゃっていい？」

これには歩武も頷いた。

「俺も蓮司にだけは報告したいです。前からあと押ししてくれてますし、恋人ができたらお互いに紹介しようって約束もしていて……」

「うわ、やっぱり怪しい関係だ」

「……あの……勘弁してください……」

途端に優花は明るく笑う。

「冗談だってば。もちろんＯＫだよっ」

こう見えて、ひょっとしたらヤキモチ焼きなタイプなのかもしれない。

それもまた、恋人らしいやり取りだ。

(先輩が言うように……いろいろな顔、知っていきたいな……)

この先に希望を馳せながら、歩武は心の中で願うのだった。

第五章　高まる純愛と肉欲の悦楽

告白という一大イベントの翌日は、負けた試合の反省会がある。

部員同士で敗因を分析したあとは、さすがに優花も頭が冷えていたらしい。

──残念だけど、今日はエッチする気分じゃないかなぁ。

料理しながら、小さく笑って──食後はリビングで恋愛映画を鑑賞しながら、歩武のペニスを求めてきた。

「だ、だってっ……あんっ！　こんなラブラブシーン見ちゃったらっ、あっ、やっ！　変な気持ちにっ……なっちゃうってばぁあっ！」

というのが、テレビ画面に顔を向けつつ、背面騎乗位で腰を振る彼女の言い分だ。

歩武もこれまでのタガが外れているため、彼女以上に燃えてしまった。

何といっても、二人とも基礎体力が余っている。愛情も、肉欲も、より濃密に感じたくなってしまう。

もっとも、次の日は月曜で、ごく当たり前に授業があった。

特に歩武のほうは、蓮司と朝から顔を合わせる。

(先ぱ……じゃなくて、優花さんとのこと、どう話すのがいいかな……)

成果を話そうとは決めていたが、悪友の恋がどこまで進んでいるかわからない以上、慎重な歩武は迷ってしまう。

しかし最後には、構えすぎるのもおかしいと結論づけて、昼食の時間にサラッと伝えた。

「……実は俺、優花さんと付き合うことになったんだ」

学食のテーブルを挟んでそう言うと、蓮司は口へ運びかけていた箸を止め、目を見開く。

それから一呼吸おいて、我がことのように祝ってくれた。

「やったじゃないかっ。めでたいなぁ、おいっ!」

「あ、ありがとう」

しかし、蓮司もすぐ得意げな表情を浮かべ、

「だったら俺も報告だな。前に話した年上美人さ……告白したら、オッケーしてくれ

たんだよっ！」

「えっ、そうなのっ？　蓮司もおめでとう！」

歩武も椅子から立ち上がりかけるほど、悪友の恋愛成就《じょうじゅ》を喜んだ。

しかし、そこで蓮司は苦笑いだ。

「ただなぁ……俺も『お付き合い』の経験ってのがないからさぁ。自然なデートとか、まだやれてない気がするんだわ」

「ふぅん……？　年上の人なら、リードしてくれそうなイメージだけど……」

優花との体験もあって、そんなふうに思ってしまう。

蓮司は片手で頭を掻いた。

「まあ、見た目は色っぽい人なんだけどなぁ。なんつうか、経験豊富なフリしてるだけじゃないかって、ときどき疑いたくなるんだ。あ、そのギャップも可愛いんだけどさ」

「ただの惚気《のろけ》だよ、それじゃ」

「うるせぇ。いきなり余裕ぶりやがって」

蓮司はわざとらしく睨んできたものの、すぐにまた困り気味の笑顔へ戻った。

「俺だって、見透かしたようなことを言ってるってわかるんだ。でも、好きな相手が無理してそうだと、こっちまで申し訳ない感じ、今のお前ならわかってくれないか？」

「まあ……ちょっとぐらいなら……」

「俺は遠慮なしのデートをしたいんだよぉ」

「うーん」

蓮司は世話焼きな分、そういうことへ勘が働きやすい。もしかしたら、多少は当たっているのかもしれない。

などと考えていると、急に彼から拝まれた。

「え、何？」

「頼む、アユっ。今度、お前と林先輩も、俺たちの食事へ付き合ってくれないか？」

「ど、どうして？」

「明るく楽しいバカップルぶりを見せれば、あの人の刺激になると思うんだ。そうすれば、何かが変わるんじゃないかってさ」

「俺は構わないけど……優花さんとも相談しないと決められないよ？　っていうか、バカップルって何？」

「よし、恩に着る！」

まだ本決まりではないのに、蓮司はガッツポーズを取った。

その気の早さに歩武は感心してしまう。

しかし優花の性格なら、面白そうだと二つ返事で了承してくれそうな気もしていた。


「それ、ダブルデートってヤツ？」

夜、歩武がベッドで蓮司の話をすると、絶頂後の気だるさに浸っていた優花は、思った以上に食いついてきた。

裸身を半分起こし、目もキラキラ輝かせる。

「いえ、そこまで大げさなものじゃないと思います」

「そうなの？　でも、いいよ。なんか面白そう！」

「ありがとうございます、優花さん」

「どういたしまして、あー君！」

ある程度予想していたとはいえ、あっさり快諾してもらえて、歩武は安堵する。

直後、優花に抱き着かれ、そのまま、第四ラウンドへ突入と相成った。


次の日曜日、四人は喫茶店で顔を合わせることになった。

しかし店内の席で合流したとき、集まった内の三人には、かなりのサプライズが待っていた。

「あれ？」

「え」

「なんで⁉」

それが優花と歩武、それに蓮司の恋人の第一声だ。

蓮司が連れてきた恋人とは、前に歩武たちがやらかしたランジェリーショップの店長——優花の従姉でもある新条あかりだったのだ。

歩武はかなり気まずいし、

「ぁ、レン君の親友って……っ、この子だったの⁉」

あかりも狼狽《うろた》えていた。その目線の彷徨《さまよ》いぶりは、前に見た強気な彼女と、ほとんど別人で、蓮司の言うとおり、あまり年上っぽく見えない。

おかげで、歩武は先に驚きから抜け出せて、蓮司へ聞いてみた。

「蓮司、妹さんと買い物に行ったお店って……」

「あかりさんがやってるランジェリーショップだよ」

こともなげに答えられてしまう。

「なんでそんなところへ兄妹で行ったのさ……」

「妹に頼まれたんだ。なのにあいつ、俺とあかりさんが話してたら、いきなり不機嫌になって、先に帰っちまってなぁ。難しい年頃なのかねぇ」

「そ、そうかもね……」

何事にも察しがいいと思われる蓮司だが、どうやら例外があったらしい。とはいえ、ここで深入りすべき事案ではない。

（うーん……）

気を取り直した歩武が見れば、あかりは優花から親しく話しかけられて、やけに焦っている。

「あかりさん、何を注文しようか」

蓮司に軽く肩を叩かれても、ギクッと身を固くして、顔まで赤らめた。それからチラッと従妹を窺ったあと、豊満な胸を張り、「ええ、私はこのサンドイッチのセットかしら」と取り繕うように言った。

――これは蓮司の推測が、当たっているかもしれない。

（ってことは、優花さんの聞いたアドバイスは……）

恋愛経験の少なさを隠すための、又聞き情報も多かった可能性が高い。

蓮司が抱いている懸念は、まだ優花に伝えていない。

優花は人が好いから、従姉の言動に不自然さを感じてないようだが、こんな状態が続いたら、さすがに妙だと気づくだろう。

（途中で変な地雷を踏みませんように……）

突然、全員の事情へ最も通じている立場となってしまい、歩武は胃が痛くなってきた。


幸い、四人でのランチはトラブルなく終了した。

とはいえ、優花も違和感を抱いたらしい。

歩武と共に自分の家へ戻り、部屋で〝デートの続き〟が一段落すると、彼女は毛布を裸身に巻きつけながら首を捻りだした。

「今日のあかり姉、なんか調子が悪そうだったよね？　本当は渡嘉敷君と二人きりがよかったんじゃないかなぁ」

「あー……そうですね……」

歩武は返事に困る。

いっそ、蓮司からの相談内容を話したい。

しかし優花とあかりは、今後も親戚付き合いがあるのだ。下手《へた》をすると、二人の関係が悪化してしまう。

そのとき、突然女性アイドルグループ「イランイラン」の歌が鳴り響いて、歩武は飛び上がりそうになった。

「何ですか、これ!?」

「あかり姉からの電話だよ」

優花はベッド脇からスマホを取り上げ、通話マークをタップする。

「もしもし、あかり姉？　渡嘉敷君はいっしょじゃないの？　……え？　それはいいけど……うん？　あー君もいっしょに？　うん、うん、うーん……」

歩武には恋人の返事しか聞こえない。

だが、状況が妙な方向へ転がりはじめた予感は、ヒシヒシと感じられた——。

「要するに私、学生時代に初体験で失敗して以来、エッチなことはほとんどやってないの……！　優花に教えたのも、ほとんど本とかの受け売り！　というわけで……ごめんなさい！」

約束の日、優花の部屋へ現れたあかりは、歩武の推測とほぼ同じ内容を白状した。

クッションに座ったままで頭を下げる姿は、まるで三つ指をつかんばかりだった。

とはいえ、謝ると決めたら迷わない潔さは、優花とも通じるものがあり、歩武は今になって、急に親しみを覚えた。

優花も驚いていたが、元々が思いきりのいいタイプだ。ほどなく綺麗な顔に苦笑いを浮かべた。

「しょうがないよ。あかり姉が渋ってるのに、わたしがしつこく食い下がったんだもん。あー君とはラブラブになれたし、結果オーライっ。わたしだってあかり姉のお店でエッチなことしちゃったし……お互い、謝りっこは終わりにしよっ？」

「あ、ありがと、優花！　最後にもう一回だけっ、ごめんなさいっ！」

あかりの喜びようは、従妹へ抱きつきそうなほどだった。

その仲睦まじさに、歩武まで何となく嬉しくなる。

(今度は新条さんが、俺達に恋愛相談してきたりして……)

それはもちろん、口に出す気もない冗談のつもりだ。

なのに直後、あかりは優花の手を取って言いだした。

「優花っ……！　今度は私が、優花と芦田君に恋愛相談に乗ってほしいの……っ」

「っ!?」

まさか現実になるとは思わず、歩武は大きく咳き込んだ。途端に優花達から怪訝《けげん》な目で見られてしまう。

「いえ、何でもないです。続けてください……っ」

その下手なごまかしに、あかりは首を傾《かし》げかけたが、すぐまた居住まいを正した。

「私、レン君とのエッチはどうしても上手《うま》くやりたいのよ。だって、あんなに真正面から向き合ってくれたのはレン君が初めてで……だけど、どうしても最後の一歩を踏み出せないのっ」

そこで歩武はおずおず手を上げた。

「……あの、蓮司は優しい奴です。新条さんが不安を持っていると打ち明ければ、あいつだって急がないと思いますけど……」

「でも私、ずっと年上としてレン君に接してきたんだもの……っ。今になって軽蔑されたくないのよっ」

「そうですか……」

ここまで真剣に悩んでいると、蓮司が真相を見抜いていたことは教えづらい。かえって傷つけてしまいそうだ。

他人事《ひとごと》として見るなら、これは素の自分を出すいいきっかけなのだろう。

しかし、歩武だって優花との距離感で右往左往してきた身だし、あかりの気持ちが痛いほどわかる。

今度は優花が口を開いた。

「その場合、わたしたちは何をすればいいのかな……？」

「二人がエッチしてるところ、私に見せてっ！」

「え」

今度は、優花も硬直した。

だが、あかりは本気らしい。身体を起こし、重ねて頼み込んでくる。

「二人が私の店で……あ、アレをやってるときねっ、本当は終わるのを待つ間、私もすごくドキドキしてて……っ。今度もそうやって勢いをつければ、きっとレン君とスムーズにできると思うの！」

「え、でもっ……え……えええっ!?」

「一生のお願いよっ、優花っ！」

もはや、あかりのほうが年下のような懇願ぶりだった。

歩武と優花は顔を見合わせる。

「……ど、どうしよう？」

「どうしましょうか……」

すでに何度もやってきた行為とはいえ、堂々と見せるとなると、躊躇してしまう。

しかし身から出た錆《さび》でもあった。

結局、歩武と優花はアイコンタクトで結論を出す。

「……まあ、一度だけなら……わたしはいい、かなぁ……？」

「優花さんがかまわないなら、俺も……ええ……」

途端にあかりの顔がパッと輝く。

「あり」

がとう、と続きかけたようだが、優花は早口でそれを遮った。

「で、でも、最後まではやらないからねっ？　芦田君の気持ちよさそうな顔を見ていい女子は、わたしだけなんだからっ！」

これだけは譲れないと言わんばかりの態度だ。

あかりは目が点になり、歩武も思わず脱力しかけてしまった。

行為はそのまま、優花の部屋で始まった。

床で座るあかりに披露するため、歩武が彼女と向き合う格好でベッドへ腰かけ、その広がった脚の間へ、優花が尻を置く。

優花はすでに服を脱いでおり、シャツもスカートも下着も、すべて床の上だ。

ただ、一糸まとわぬ姿ではなかった。

ポニーテールをまとめるバンドはそのままだし、体育用のハチマキで目隠しをしている。

そう、目隠しだ。

理由は、従姉と見つめ合うのが恥ずかしいことと、自分の表情もできるだけ隠すためだった。

だが、視覚を閉ざして、よけいに感度が研ぎ澄まされたらしい。

歩武が軽く脇腹をなぞるだけでも、優花は妖しく息を弾ませた。

一方、歩武は下着を着たままだ。とはいえ、この特異な状況で、鼓動が早鐘のようになっている。

多量の血を送り込まれたペニスも、トランクスの緩い布地を元気に盛り上げていた。

その竿部分は、押しつけられた優花の尻の間へ挟まっている。圧迫される亀頭と裏筋は、悩ましいだけでなく、我慢汁が不十分のため、ビリビリと痛いぐらいに疼いた。

もしも優花が積極的に腰をくねらせたら、歩武はあっけなく達してしまうかもしれない。

それは優花も察しているのだろう。

感じる恋人を見ていいのは自分だけ——という宣言を守るため、彼女は尻を弾ませかけるたび、反射的に肢体を引き締めていた。

その分、背中が歩武に押しつけられる。歩武はシャツ越しに潰される乳首まで、苛烈に痺れてしまった。

——今は優花さんを気持ちよくすることに徹しないと……。

歩武は雑念を追い払い、メロンのようなサイズの乳房を、改めて後ろからたくし上げる。

昨日までに積んだ経験で、コツもそれなりに摑めていた。

もっとも、火照るふくよかな柔肌へ指を埋める心地よさには、まったく慣れることがない。

むしろ、たわわな揉み心地が病みつきになって、毎回、いろいろな手口を試したくなる。

あかりの存在はこの際気にせず、力加減を調節し、指を別々に蠢かせた。

巨乳が手からこぼれんばかりにひしゃげるのも、そそられることの一つだ。押さえきれない部分が、指の間からはみ出すと、そちらも捕まえたくなる。だが、手をずらして実行すれば、また別の場所がムニュリとたわむ。

それを纏《まと》めて抑え込むため、歩武は十指すべてで、膨らみの中ほどを搾ったりもした。ヒョウタンさながらに美乳を歪ませれば、ふだんは眠っている征服欲が、どんどん募る。

優花も嬉しそうに声を揺らし、

「あぅんっ……好きな男子からおっぱいを揉まれてるとねっ……はぅっ！　んくっ、ちょっと痛いのまで気持ちよくなって……いっぱい虐めてほしくなっちゃうのっ！」

ただでさえ刺激には弱いのだ。

ましで、今日は実況と目隠しのオプション付きで、だんだんアブノーマルな興奮に憑かれだす。

「ふぁっ！　あンっ、あー君ってばっ……！　やりすぎっだよぉ、ん、くぁううっ！これじゃわたしっ、恥ずかしいところを……あかり姉に見せすぎちゃうぅ……っ！」

そんな恋人を見習って、歩武も積極的に言葉を使う。

「優花さんの胸はすごく綺麗なんです……っ、柔らかくて……エッチに弱くて！　俺、大好きですっ！」

最後に耳の裏へ息を吹きかければ、うなじを滑る空気の流れにさえ、優花ははしたなくわななないた。

「んああっ！　あかり姉っ……！　あかり姉もおっぱい大きいんだからっ……きっと渡嘉敷君っ、いっぱい揉んでくれる……よぉ!?」

途端に床の上で、あかりが身を竦ませる。

「レ、レン君に……私も……!?」

歩武は目隠しをしていないから、彼女の反応をいくらでも見られた。

厚めの唇が色っぽいあかりの美貌は、茹《ゆだ》ったように赤らんで、潤む目も従妹と少年のイチャつきに釘づけだ。

姿勢はかぶりつくような前かがみだし、床の上で組まれた両手など、ふとした拍子に自分の股間へ伸びてしまいそうだった。

室内に漂う淫臭は、きっと歩武と優花のものだけではない。あかりもまた、そうとうに呼吸を乱しているのだから。

とはいえ、歩武は極力、そちらへ目をやらないようにした。

痴態を見る権利が恋人だけのものというのなら、あかりの艶めかしさも蓮司が独占するべきだ。

歩武は優花へ集中し、次の段階へ進むことにした。

左手を右の乳房へ移し、巻きつけた腕で、愛しい肢体を抱きすくめる。身体の密着度を高めたら、恋人のしこった乳首を、指先で立てつづけに縁取った。

優花も愛欲を燃え立たせ、振り返りながら催促してくる。

「あっ、やぁあんっ！　昨日みたいにっ、もっと強くぅっ！」

「はいっ、わかりました！」

歩武も即座に突起を摘まみ上げた。もう丁寧な準備はおしまいだ。ゴムを凝縮したみたいな硬さのそこを、押して、弾いて、転がす。

そのことごとくに、恋人はいやらしくよがってくれた。

「ふあぁあっ？　や、はぁんっ！　今日もっ、おっぱいっ、すごく感じちゃってるよぉおっ！」

首を捩じった格好のまま、不格好に浮かせた両手で、歩武の髪をまさぐりはじめる。

そこへ歩武からもリクエストする。

「左の胸は……優花さんがやってみてください……っ」

「うんっ、うんっ！　く、ぁああんっ！」

すかさず、優花は空いたほうの乳房を、自らの左手で捏ねくりだした。さらに歩武以上の手荒さで、乳首を捩じって、引っ張った。

丸かった乳房全体を歪《いびつ》に伸ばし、円錐さながらに変形させた。

「あ、はぁあんっ！　見てぇっ、あかり姉っ……！　恋人とならっ、はっ、ぅうふっ！　こ、こんなにやらしいこともできちゃうのぉおっ！」

そんな実況をBGMに、歩武は右手を下へ滑らせた。

括れた脇腹からお臍までを撫でれば、瑞々しい滑らかさと、剣道部員らしい腹筋を味わえる。

あとは太腿の上で、ねっとり二往復させる。これまた鍛えられた張りを手のひらに馴染ませてから、ツルツルの割れ目へ人差し指を進ませた。

これには優花も両脚を竦ませる。

「ひぅうっ？　そ、そこにまでしちゃうの……っ？　んやっ！　はぁあんっ！」

ただ、拒もうとはしない。むしろ、歩武の頭に残していた右手で、髪をいっそう、弄《いじ》ってくる。

計四本の腕と二つの身体は粘っこく絡み合い、まさにくんずほぐれつの淫らなショーになった。

すでに優花の陰唇周りは濡れそぼち、合わせ目まで綻《ほころ》ばせている。その端を押した途端、歩武の指は、スケートをするかのように滑ってしまった。

それを防ごうと彼が力を強めれば、淫靡な曲線は大きく歪む。

「あ、はぁあっ！　あー君の指っ、ムズムズしちゃうよぉっ！」

過度のヌメリと柔軟さ。それに愛らしい嬌声も。

歩武は恋人のすべてに急《せ》かされて、小陰唇の間へ指を割り込ませた。次の瞬間、熱い吸い付きに出迎えられる。

「優花さんのここっ、もう準備ができてますよね……っ」

「う、うんっ！　あかり姉もっ、まだ見てるんだよねっ……？　あー君はエッチだからっ……お、おマ×コにもしちゃうつもりだよぉっ！」

下の口のうねりようは、恋人の愛撫の出来を確めるみたいだ。

しかも、優花は快感を抑えきれず、発情ヒップをペニスへ擦りつけはじめた。これまで我慢してきた動きを全開に、恋人との営みをもっともっと愉しもうとする。

「んはぁあっ！　ぁっ、あーくぅんっ！　ここがっ、おマ×コがねっ……あはうぅっ！　や、やっぱりっ、特に気持ちいいのぉぉあっ！」

「く、ぅっ……優花さん！」

裏筋に恋人の熱さを受けつつ、歩武が亀頭で感じるのは自身の腹の圧迫だ。さらに節くれだった幹の部分を前後から挟まれ、後先考えずに性器をしごきたくなる。

だが、今はそれを堪えて、膣口寸前まで人差し指を押し入れた。

「やぁあんっ！　指がっ……あー君の指がぁっ！　もぅすぐ入っちゃうのぉおっ！　見られてるのにぃっ、ズブズブゥってぇっ……ぅっ、あっ、わたしぃっ！　大好きなあー君に犯されちゃうのぉぉっ！」

なおも実況へこだわる優花の声が、歩武は愛おしい。

押し返される男根や乳首でも、激しい疼きが途切れなかった。

恋人との一体感はさらに高まって、彼は膣内へ指を突っ込ませる。

「んぁぁあうっ！　ぃ、ひあっ！　ひぁやあぁっ!?」

運動で下半身を鍛えているから、どれだけ開発しても、優花の秘洞は強すぎるほどに締まる。

それでいて、肉壁の脈打ちようは、はしたなくなる一方だった。細い指一本でも隙間なく咥え、ねぶるように愛蜜を塗りたくってくる。

だから咀嚼《そしゃく》された指の側だって、あっという間に性感帯へ変貌してしまう。

そのムズつく人差し指を、歩武は手首ごとドリルのように回転させた。

無数の牝襞へ快楽を植えつけ、自分も擦り返される。

優花の説明も、乱れてまくって切れぎれになる。
「ぁあふっ！　ぁ、あー君の指ぃっ、ぐっ、グッ、グリグリってて
っ！　あのっ、ねっ？　今っ……んわっ、わたしの中でっ、曲がっててっ、捩じれて
てぇえっ、おっきなおチ×ポでやるみたいに、ぃっ、おマ×コを広げちゃってるぅう
うっ！」
こんな淫靡な恋人を、さらに悶えさせたい。
歩武は人差し指に続き、中指も追加した。
窮屈なままの蜜壺内へ、強引に、乱暴に、ズブリッズブブッと情感を乗せて突き進
む。
「んひゃぁあっ!?」
優花の鳴き声が尾を引くうちから、二倍となった幅を利用して、弱いポイントをま
さぐった。
のみならず、他の有効な箇所も探し、そこら中を小突きまわす。
さらには並べた指を交互に屈伸させたりもした。バタ足さながらに蜜壺を掻き分け、
短いストロークで、奥をしつこく磨くのだ。
一瞬たりとも単調にならない責めの連続で、優花のボキャブラリーは、いよいよ崩

壊寸前だった。

「指がっ、やはんっ！　バラバラに動きだしたっ、よぉおっ！　わたしの中でっ、んあぁ！　グチュグチュってっ、グチョグチョってぇっ……いっ、やだっ、待ってぇ！　そんなにされたらっ、どう感じてるかぉっ、あかり姉に教えられないよぉぁあっ!?」

上手くしゃべれないもどかしさからか、彼女はポニーテールを滅茶苦茶に振りまわす。

「ん、むはっ!?」

顔面をくすぐられた歩武は、捕まっている顔をとっさに引いた。

直後、あかりがどうなっているかを見てしまう。

「はっ、ぁっ……やっ、んんぅうっ！」

彼女はいちだんと美貌を赤らめ、切れ長の瞳を伏せていた。

それどころか、上品なデザインのロングスカートを大きく捲っている。

むっちりと成熟し、匂い立つような太腿だった。

右手はその間へ入り、割れ目を下着の上から、指先で掻く摩擦していた。

性行為に慣れていないといっても、火が点《つ》いたグラマラスな肢体は、刺激ではしたなく震える。優花に匹敵する巨乳のボリューム感まで、本人の意思と無関係に強調してしまう。

「ふあっ……やっ、ぁあうっ!?」

自慰がいつから始まっていたのかはわからない。

だが、あかりはすでに己《おのれ》の指遣いへ没頭し、歩武の視線に気づかないらしい。

「んっ……!」

歩武はすぐ我へ返り、目を優花へ戻した。

とはいえ、いったん気づいてしまったら、優花の喘ぎ声に紛れ、あかりの息遣いまで聞こえてしまう。

「優花ぁ……っ、私もレン君のおち×ちんで……優花みたいにっ、あっ、くぁっ、ふあううんっ……してもらいたい……のぉっ……!」

「あー君ぅうっ!　もぉ我慢できないよぉおっ!　あかり姉の見てる前でイッちゃううっ!　おマ×コグチュグチュでっ、今日もイカされちゃうよぉおおっ!」

「んあっ……優花、イッちゃうの……ぉ!?　私よりっ……ずっと大人になってるぅう……!」

「……優花さんっ!」

歩武は恋人へ気持ちを傾けるため、絶頂が間近の秘所をしつこく穿《うが》った。

それだけでなく、すでに判明している最大の弱点、クリトリスも親指で狙い撃つ。

包皮を剝き、突起をなぞった途端、優花は派手にのけ反った。

「んきひっ！　ぃひぅうっ？　きょ、今日もそこっ、しちゃうのぉおっ？　イクのにぃっ！　そこぉされたらっ、必ずイッちゃうのにぃいいっ！　いやぁあんっ！　は、恥ずかしいよぉおっ！」

しかし言葉と逆に、彼女は自分から股を開く。歩武の手があるほうへ秘唇をスライドさせて、刺激をさらに強めようとする。

あとは牝襞の蠢きで、指をしゃぶって、揉んで、啜り回した。

しこりきった淫核も、凶暴な肉悦を片っ端から吸収する。

「優花さん！」

嬲る歩武の末梢神経は、今や電流を流されるようにむず痒い。

そこへさらなるおねだりだ。

「もぉ無理なのおっ！　おち×ちんが欲しいっ！　欲しいのおっ、あー君の全部が欲しいよぉっ！　あかり姉に見せるのはもぉおしまいでぇえっぇえっ！　二人でエッチっ、いっぱいやりたいのぉおあっ！」

「は、はいっ！」

彼女はただ一心に、歩武を求めてくれている。大胆になったのも、快楽を貪《むさぼ》るためだけでなく、今の状況にケリをつけるためらしい。

こうなったら、歩武もフィニッシュを目指すだけだ。

彼は恋人の右乳首を、テクニックより情熱優先でつねった。下の巨乳までいっしょに玩弄《がんろう》しつつ、ピンクの根元から先端にかけてを、忙しくしごき立てる。

猛るやり方は、出るはずもない母乳を搾らんばかりだった。優花も随喜に身悶える。

「ふぁああっ！　それいいのっ！　乳首いいのぉおおっ！」

彼女は自分でも同じように、左の乳首を捻りだした。いや、自分の身体だけに遠慮がなくて、擦り方は歩武以上に浅ましい。

「ぃひぎっ！　んひぃいやはぁああっ！　わたしっ、好きぃいっ！　あー君にされてっ、ち、ちぎれちゃいそぉなのがっ、大好きなのぉおっ！」

被虐的な自白に煽られ、歩武は膣肉へ対しても、抜き差し主体の愛撫を繰り広げた。

使うのが指だけのため、力強さや太さはペニスに劣る。

半面、肉襞の中で自由に曲げ伸ばしできることは、確かな強みだ。

愉悦で解れて尚、極端に狭い肉壺を、徹底的に掻き混ぜる。

愛液も道連れに泡立てて、グチュグチュ、ヌチュヌチュ、山場に相応《ふさわ》しい華やかな音を響かせた。

さらに恋人の汗の匂いを嗅ぎながら、親指も前後させる。こちらは陰核をしつこく転がして、裸の女体を肉悦で縛る。

「ひはぁああっ！　やっぁあんっ！　指っ、指がぁああっ、んぁぁあ暴れてるぅよぉおほおあああっ！　全部全部っ！　全部ぅうっ！　ぃひっ、き、気持ちよくなっちゃうっのぉおああっ！」

顔は今もハチマキで隠れたままだが、きっと細長い布の下で、目元はしどけなく惚けきっている。

それを思い描きつつ、歩武は腰を上下へ波打たせ、トランクス越しのペニスで、尻肉も撫でた。

「ふぁああっ？　や、ぁああんっ！　あー君のおチ×ポっ、こんなにおっきくなってるぅううっ！」

亀頭も壊れる寸前のようなひしゃげっぷりだが、歩武は刺激をひたむきに飲み下す。

「俺もっ、俺も早くっ、優花さんと一つになりたいですっ！」

「うんっ、うんっっっ！　あかり姉ぇえっ、まだ見てるぅっ？　み、見てるよねぇっ？　イクのっ！　わたしっ、ほんとにっ、イッちゃうのぉおぁあはぁあっ！」

背筋をそらした優花の、破廉恥な絶頂宣言だった。

直後、早くもオルガスムスの端へ手が届く。

「くぁうっ！　くふぅうぁうぅううっ！」

女体の収縮は体内に及び、歩武の指を食い締めてきた。

「優花……さん！」

「ぁうぅうんっ！　ひっ……うぁうぅうっ！」

口を閉ざして、くぐもった声を漏らしたあと、優花は反動のように咆哮《ほうこう》し、追いかけてきた本命の絶頂感へ飛び込んだ。

「んぅうはぁあああっ！　やっ、やっ、んはぁぁあああひぃいいぃいんっ！」

見えない目を天井へやりながら、裸身をさらに痙攣させる。美尻ではペニスを圧迫し、熱く、考えなしに、裏筋と亀頭を揉んだ。

「優花さっ、ぅうううくっ！」

――あー君の感じる顔を見ていい女子はわたしだけ。

そんな優花のセリフがなければ、歩武まで果てていたかもしれない。

とはいえ、彼も正常な判断力を失って、恋人との多幸感に浸る。

実のところ、二人の前ではあかりも浅い絶頂へ至っていた。

しかし、それにさえ気づかない歩武と優花だった。

「あぁ……私まで……こんなに……ふ、んっ、ぁふ……」

「愛しています、優花さん……」

「うん……うんっ……わたしもぉ……っ」

二人はそのまま、涎まみれの唇を重ね、舌と舌を粘着質に絡ませ合うのだった——。


やがて正気に戻ってみれば、全員等しく、居心地が悪かった。

特に優花は目隠しを取り払い、従姉の痴態に気づいてしまう。

「えっと……あ、あかり姉……？」

「や、あのっ、これは……そのっ……違うのよっ」

そんな会話ともいえない会話が交わされた。

ともあれ、ショーツを汚したあかりは、そのまま帰れない。

替えの下着を優花に借りて、どうにか最低限、表へ出られる格好を整えた。

「俺、途中まで送りましょうか？」

危なっかしさを見かねて、歩武はそう申し出てみたが、きっぱり断られてしまった。

まあ、無理もないだろう。

それで優花と二人、せめて玄関まであかりを見送った。

ドアが閉まった直後には、揃って大きく息を吐いてしまう。

「……この先、優花さんと新条さん、気まずくならないでしょうか……？」

歩武が聞けば、優花はやや不安そうではあるものの、いちおう否定した。

「だ、大丈夫だよ。あかり姉って、過ぎたことにはこだわらないタイプだもん」

「なら、いいですけど……」

今はその言葉を信じるしかない。

歩武としては、蓮司に隠し事ができたことも後ろめたかった。

こんなワンクッションが入ってしまったら、さっきまで高まりきったと思えていた肉欲も、中途半端に萎みそうだった。

それを払しょくするためだろう。

優花は急にパンッと両手を打ち鳴らした。

「よーっし！　実はあー君とのエッチで、試したいことがあったんだよねっ。今からそれ、やってみていいっ？　今度は誰に教えられたんでもない、わたしの完全オリジナルっ」

「え、はい……優花さんのアイデアなら大歓迎です……っ」

「じゃあ、決まりっ！」

空元気《から》のように歩きだす恋人を、歩武は戸惑いながら追いかける。

そして、元居た部屋の前まできたところで、また告げられた。

「ちょっと準備するから、廊下で待っててね？」

優花は歩武に小さく笑いかけてから、自室へ入っていった。


それから待つこと十分足らず。

「入っていいよ」

呼ばれた歩武が室内へ踏み込めば、優花はさっきと別の服装になっていた。

「優花さん、それって……」

恋人が纏うのは、白い着物と紺色の袴。つまり、見慣れた剣道着姿だ。

「わたし、今日は最後まで君に押されっぱなしがいいの。だ、か、ら、この格好のわたしも、あー君のやりたいようにやっちゃって！」

つまりは、先輩、部長、責任者——そんなイメージの剣道着姿まで、牡の欲望で制圧してほしいという意思表示だ。

その目論見《もくろみ》は成功で、歩武も昂りが蘇《よみがえ》った。

元々、彼が優花に惹かれたのは、素振りの姿が一枚の絵のように美しかったからなのだ。それを好き勝手してほしいと言われたら、平静ではいられない。

「わかりましたっ……！」

歩武は後ろ手にドアを閉め、むしゃぶりつくように恋人を抱きしめた。

「んはぁあおっ！　ひぃいっ！　ぃひいいんっ！　こ、これっ激しっ……んきゃひぃいいっ⁉」

アイデアが功を奏した以上、優花は恥も外聞もなくよがる羽目《はめ》になる。

「先輩っ……俺っ、どんどん続けますからっ！」

四つん這いの恋人を後ろから貫きながら、歩武も力強く吠えた。

本当はさっきの我慢がペニスへ残っているため、気を抜いたら、たやすく昇天してしまいそうになる。

指でさえめいっぱい搾ってくる優花の濡れ襞は、太くて長い怒張相手に、いちだんとねちっこく絡みついた。牡粘膜を包み込む、欲深い蠕動《ぜんどう》だ。

だが、優花のふしだらな反応を見ていると、簡単には達したくない。

「あー君のおチ×ポぉおっ、き、気持ちいいよぉおおっ！　やぁあっ！　わたしの身体ぁあっ！　感じすぎてっ、んぁううっ！　変になっちゃうううっ！」

優花はすでに袴を脱がされ、赤いショーツも左足首で丸まっている状態だった。着物は前が全開で、深紅《しんく》のブラジャーもホックを外され、緩みきっている。

手と膝をつき、歩武に対しては背中と尻を見せる。

本来なら、この体位で顔は見せ合えない。

しかし、今日は優花のセリフもあって、乱れ顔を見つめたい気分の歩武なのだ。

彼は優花へ抱き着いたあと、部屋にあった大きな鏡を、セカセカと自分たちの正面に持ってきた。

これで紅潮した優花の美貌を、いいように視姦できる。見目麗しい恋人兼先輩は、半開きの目に涙を湛え、唾液を顎までこぼしていた。さらに額や頬も汗だくだ。

ポニーテールは激しく振られ、前髪の一部は、濡れて額へ貼りついている。

さらに揺れるといえば、特大のバストと、外れかけたブラジャーだった。熟れた果実のように、下向きの女体からぶら下がるそれらは、肉棒のピストンに押され、弾む動きが止まらない。

だらしなく垂れた剣道着の端に至っては、ずっと床をザワザワ掃いている。

「ひぁあっ！　はぁああんっ！　わ、わたしぃっ、すごい顔でっ、元に戻んないよぉおっ！　んあはっ？　やぁあんぅうっ！　こんな顔ぉっ、あかり姉の前でもしちゃってたのぉっ⁉」

「はい！　だから俺っ……優花さんの親しい同性相手にだっててっ、もう二度と見せたくないですっ！」

歩武が怒鳴り声と同じタイミングでペニスを打ち込めば、凶器の亀頭も、焦げんばかりに疼く。雄々しく引けば、今度はカリ首がすっぽ抜けそうだ。

優花も優花で、お仕置きのスパンキングを受けたように、悶えながら泣きじゃくった。

「ごめっ、ごめんなさいぃいいっ⁉」

彼女だって、自分の喘ぎ顔を見つづけるなんて初めてだろう。その羞恥が性感を高め、手足を自由に使えない今の姿勢が、被虐的なあられもなさへ拍車をかける。

しかも恋人からの猛攻で、新たなアクメの扉まで開きかけているようだった。

「あっ、ぁあぁおおぉっ！　イクっ……わたしっ、イクぅうっ？　あぁっ、くふぅう！　わ、わたしぃっ、今度はおチ×ポでイッちゃうのぉおっ！」

「くぐっ！」

ポニーテールを振り乱す彼女の悲鳴につられて、歩武も尿道が開きそうになる。だが、それは息んで抑え込んだ。

ここまで頑張った以上、イクとしたら優花といっしょでなければ嫌だ。

渾身の力で息んだから、どうにか射精は免《まぬか》れた。だが、代わりに全身で脂汗が滲み、毛穴までヒリつく。

しかも、短い時間とはいえ動きを止めたのが、優花に伝わってしまう。

「あぁあんっ！　まだイッちゃ駄目なのぉおっ？　これっ、お仕置きっ？　あかり姉の前でエッチな顔しちゃったからぁっ!?」

首を後ろへ捻じった彼女の聞き方は、幼児退行を起こしたみたいに舌足らずだ。

とはいえ、歩武の意思を尊重してか、うねらせていた腰を止めたがる。十全には肉悦に抗《あらが》いきれず、ヒクッヒクッと痙攣を続けてしまうが、それでも健気《けなげ》に四肢で踏ん張ろうとした。

歩武は吐精の気配をねじ伏せつづけながら、愛しい恋人に喚《わめ》く。

「お、俺も出そうなんですっ！　だからっ、いっしょに……っ！」

そのままピストンを再開させた。愛液と我慢汁を掻き出して、少女趣味の室内に淫蕩な匂いをまき散らす。

「ふぁああっ？　あはっ、ぁああおっ！」

上体を捻っていたためにつんのめりかけた優花は、また顔を鏡へ向けた。

「うんっ、わたしも一生懸命っ我慢するぅうっ！　だ、だからぁあっ！　いっしょにイコっ？　ねえっ、あー君といっしょがいいよぉおああっ！」

彼女にとっても、二人の絶頂のほうが、一人のアクメより数倍嬉しいらしい。

その健気な恋人の蜜壺内で、歩武もここまで以上に獰猛な抽送へ取りかかった。

「いっしょにイキましょうっ、優花さんっ！」

絶頂寸前の男根を酷使して、待ち受けるすべての壁を打ち据える。終点の硬い肉壁をほじったら、即座に方向転換だ。今度は亀頭以上に敏感なカリ首の裏を肉壁へぶつけ、膣口まで捲り上げる。

突っ込んで、引いて、穿って、啜られて、どうやっても喜悦で牡粘膜が沸騰しそうだ。

そんな身体を張った愛情表現に、優花も随喜の喘ぎを吐き散らす。一度は止めようとした腰振りも、積極的にやっていく。

「チ×ポぉおっ！　あー君のおチ×ポっ、わたしより強いのぉおおっ！　突き抜けちゃうっ！　入っちゃいけないところまでっ、おチ×ポにやられちゃううぅうっ！」

歩武が突っ込んでくるときは、彼女も下がって、衝突をいっそう熱くする。

肉棒が出ていくときは、肢体を前へ傾け、摩擦を加速させる。

健康的な美尻も、熟した桃以上に紅潮しながら、背後との衝突で立てつづけにひしゃげた。恋人と離れれば愛らしい丸みを取り戻すものの、それだって次にまた歪むための助走にすぎない。

一心不乱に快楽を求める彼女は、もはや発情期のケダモノ同然だった。

「んはああああっ！　あー君もイッてぇえっ！　イコうよぉっ！　わたしはもぉ止められないのぉおっ！　こんなに気持ちよくちゃぁあっ、お、おマ×コ止まんないよぉおおおっ！」

「はいっ！　俺もおチ×ポがっ、止まりませんっ！」

答える間も、歩武はスペルマのとおり道を狭めつづけた。

さもなくば、絶頂を先送りできない。そのくせ、ピストンはますます逞しい。

だが、これ以上はありえない思えた矢先、歩武は新しい手口を思いつく。

「く、あ、ぅううっ！」

どれだけ限界が近づこうと、優花に感じてもらえそうなことは、試さずにいられなかった。

彼は眉根を寄せながら、恋人の腰へあてがっていた両手を、尻へ移す。

絶え間なく弾みつづける汗だくの双丘を、拡げた十指で鷲掴みにする。

ボリューム満点なそこは、腿が曲げられているために平たく伸びて、手のひらへとしっくり馴染む。

しかし、歩武はその手触りにうっとりする間さえ惜しみ、無理やり揉みほぐしにかかった。

捏ねて、左右へ拡げて、また寄せる。パン生地を扱うかのごとく、ひたすら柔らかくしようと弄った。

「んくひぃいいいっ!?」

優花も、予期していなかった刺激の上乗せに、悲鳴を裏返らせる。だがその間にも美尻の谷間は開閉し、肛門までがパクパク伸び縮みする。

いかに可憐な彼女も、排泄物の出口だけは、色がくすんでいた。無数の細かい皺を作りながら、中心に向けてすぼまっている。

実は歩武の真の狙いは、その小さい肉の穴だった。彼は右手を尻たぶから浮かせると、親指を舐めて湿らせ、グッと穴の中心へ添える。

菊門だって性感帯になりえると、前に聞いたことがあった。

なら、優花にもそこで快感を味わってほしい。

「あぁああっ！　それ待ってぇええっ？　お尻はさすがに恥ずかしいからぁあっ！　わたしっ、すごく恥ずかしいイキ方っ、しちゃうからぁああうっ！」

優花も本気で慌てたらしく、逃げるように下半身を前へずらしかける。だが、四つん這いのままでは、手からもペニスからも離れられない。

むしろ恥じらいの動作で、突き立つペニスを盛大にしごく。

「あ、うっ！　優花さんっ！」

竿を根元からシェイクされ、亀頭もエラも逆撫でされて、歩武は今度こそ前後不覚に陥りかけた。

しかし、恥ずかしいイキ方をしてしまうと、優花は確かにそう言ったのだ。

彼女は早々とアヌスで感じはじめている。

だったら、歯止めなどかけられない。

「すみませんっ、俺っ、もっとやりたいですっ！」

謝る間にも、歩武は指の腹でグニグニ小さく円を描いた。

排泄のための穴は、力が外向きに働いて、生半可な愛撫は押し戻されてしまいそうだ。それでも周りの皺の一枚一枚をほぐすように、ひたすら捏ねつづけた。

「ひはあやぁああっ！　違うのっ、お尻はエッチのための場所じゃないんだからぁああっ！　だ、駄目だってばぁああっ！　あー君にされるとっ、何でも気持ちよくなっちゃうのにぃいいっ！」

　優花の訴えも、どんどん媚びるようになってきた。のみならず、腿に力を入れて、自分から尻を浮かせにかかる。

　すでに欲情しきっていた彼女だ。恥じらいさえも、短時間で性愛のスパイスにしてしまった。

「あー君のせいなんだからぁっ！　わたしがお尻で感じちゃってもぉっ、き、嫌いになっちゃっ、ダメなんだからぁああっ！」

　ついには泣き声をそのままに、自分で尻を振り、ペニスとも指とも擦れ合わせはじめる。

「あぁああんっ！　わたしぃいっ、へ、変態になっちゃったぁああっ！　お尻まで気持ちいいっ、変態にされちゃったよぉおあぁああっ！」

　その錯乱ぶりは、襞のうねりに影響し、暴れるペニスを舐り上げては、破裂めいた愉悦を押し込んできた。同時に、牡からの律動で左右へ掻き分けられて、彼女もさらなる快楽に悶絶をする。

「っ……お、俺が優花さんを嫌いになるわけないですっ！　お尻で感じる優花さんもっ、可愛いですっ！　ぅあうぅっ!?」

「あぁあんっ！　あー君の意地悪ぅううっ！　そんなふうに言われたらっ、もっと気持ちよくなっちゃぁっうふぁあああんっ！　イッちゃうっ！　イッちゃうぅうっ！　わたしっ、お尻とおマ×コでっ、イっちゃうよぉおああっ！」

「俺も出ますっ！　優花さんの中でっ、精液出ますぅうっ！」

とっくに際どくなっていた歩武の男根は、耐えきれる限界を踏み越えていた。パンパンに張りつめた根元へはスペルマが結集し、重たさと疼きで竿を中から圧迫してくる。

さながら、のたくる牝襞との挟み撃ち。これで射精を我慢するなんて、もう無理だ。

歩武は最高潮の昂りをもって、膣口から終点まで、まっすぐ貫いた。

折り重なる蠕動部も、力ずくで開拓する。

「うぅうああっ！　うぁうううぅうっ！」

絶大すぎる愉悦は、尻肉まで打ち震わせ、脳内物質を洪水さながらに分泌させる。

そんな荒々しさに、すべての濡れ襞を押しのけられた優花のほうも、息を詰まらせ、動きを止めた。

「うぁあぁぁっ？　ひぃあっ、あぐくうぁぁあああっ！」

彼女は愛欲のやり場を求めるように、強張《こわば》ったヒップを二度、三度と上下させる。

それから汗びっしょりの全身で、絶大な性感を爆ぜさせた。

「うあっ！　うあうっ！　ふぅうああっ！　んあはぁぁぁっあああおぉおおぅあああやぁああっ！」

あられもない絶叫は、家の外まで聞こえそうに大きい。

膣肉の締まりもふだん以上で、官能神経を踏み荒らされた歩武は、意識を体外へ吹っ飛ばされるようだ。

それを引き金に、スペルマは尿道を抜け、子宮内へまき散らされた。

「うぁっ、つぅうああっ!?」

法悦にやられたペニスは、あるべき形を失いそうだ。

しかし、脳天を法悦に打たれた弾みで、歩武は次のやり方まで閃《ひらめ》いてしまう。

イッた直後で感じやすくなるのは、優花も同じはず。

じゃあ、ここで抽送を再開したら——？

目隠しプレイなんてやったせいで、頭の働きはサドっ気《け》に振りきれていた。

ともあれ、神経の融解しそうな亀頭を、彼は猛々しく引っこ抜く。

「ふ、ぐくううぅっ!?」

最大サイズまで張り出しているエラだけに、牝襞への引っかかり具合も、これまた苛烈の一言だった。

気を張ってなお発狂しそうな悦楽に、手足の震えが止まらない。

だが、優花もオルガスムスの喘ぎを途切れさせることが、できなくなっていた。

「んはあぁあおぉおほっ？　ひぃひぃいっ！　何っ、これぇええっ？　わたしっ、今度は何されちゃうのぉおおほっ!?」

歩武のほうへ振り返ろうとしても、首と肩が引き攣って、ままならない。

もちろん、白濁まみれの肉壺は収縮しっぱなしだ。

その危険な中へ、歩武は怒張で突き戻る。

「俺っ、このまま続きに入りたいんですっ！　さっ……させてくださいぃっ！」

彼の律動は、菊門へ密着する親指も、後ろからガツンと強く打った。

ハンマーさながらの勢いだから、指先は杭のようになる。すぼまりを容赦なくこじ開けて、ズブブッと直腸内へ潜り込んで。

「う、くぐぅうっ!?」

「うぁあうっ？　はひっ、ひ、ひきぎぃいぃっ？　お尻の中までぇえっ？　うはっ！　あっ！　あへはぁあっ!?」

括約筋は想像以上にきつく、無茶な挿入でさらに縮こまった。突き抜けた先でも、体温がふやけた皮膚を蒸してくる。

どんどん浮いてくる脂汗に、歩武は体中をなぞられた。

それでもさっきやった円運動で、菊門周りを慣らすことにこだわりつづける。

「俺っ、絶対に優花さんを気持ちよくしますっ！」

「いやっ！　いやいやぁああっ？　お尻なんてやっぱり無理ぃいっ！　あー君の見てる前でぇっ、こんなかっこ悪いのやだぁあぁあっ！」

「そんなことありませんっ！　優花さんはいつだって、最高に可愛いんですっ！」

ただ、鏡に映る優花の顔は、汗だくで、涙も涎も垂れ流しだった。何より、溌剌《はつらつ》としていた瞳が、現実逃避しかけているかのごとく、トロンと虚《うつ》ろになっている。

「恥ずかしぃのぉおあっ！　ひぁああっ？　わ、わたしぃいっ、ぁうぅっ！　恥ずかしすぎてぇっ死んじゃうぅうっ！」

歩武の胸にも、やっと罪の意識が芽生えかけた。

思わずペニスと手をストップさせ——しかし次の瞬間、優花が反射的に鳴いたのだ。

「ふゃううっ！　や、止めないでぇえっ!?」

「優花さんっ!?」

「うっ！　ひゅ……うぅうっ！」

呼んでも、すぐには返事がなかった。彼女は顔を伏せて何かに耐えている。

だが、ついに鏡を見上げ直すと、残ったプライドを打ち捨てた。

「止めちゃやだぁっ！　もぉいいのっ！　あー君の好きにしてぇえっ！　恋人おチ×ポでも指でもっ、わたしを愛してぇえっ！　虐めてぇえっ！　こ、こわっ……壊してへぇえぁああっ！」

「はいっ！　俺、愛しますっ！　優花さんを全力でっ、愛しつづけますぅうっ！」

発奮した歩武は、即座にピストンを復活させた。膣内で子種を泡立て、最深部を穿つ。

「優花さんっ！　優花さんっ、優花さんぅっっっ！」

「ひぁああっ！　あぁうぉああっ！　わ、わたしの中っ、あー君でいっぱいなのぉおぁっ！　やふっ!?　んやぁああおっ！　ぃイッてるのにぃいっ！　もぉイッたのにいっ、イクのが終わんないよぉおっ！　壊れるっ！　これっほんとにっ、ぅあはぁぁあへやぁああっ!?」

おおげさでなく、優花はイキッぱなしになっていた。

その中で、歩武も再びエクスタシーの気配に見舞われる。

しかし、もう踏みとどまろうとは思えなかった。何回だろうと、恋人の中で果てたかった。

彼は劣情のまま、パンクしそうな肉幹を膣内で反らす。異常をきたした感度の亀頭で、子宮口を抉り上げる。

「うくぐっ⁉」

「うぁっ？　ぅあぁああっ！　優花さぁんぅううっ！」

「んぐひぃいっ！　ひおっ、ふぁあおぉほぉおぉおおぁああっ？　あひっ、あへっ、あへっ、あはぉぉおおおおぉおおうっ‼」

濁流じみた子種に尿道を制圧されてはいたが、歩武は達する間もピストンを継続させた。出したばかりの精子と牝襞をグチャグチャに掻き混ぜて、肉壁の痙攣を味わい尽くそうとした。

もはや、他人からどう見られようと関係ない。

破廉恥な充実感に溺れながら、若い二人は互いを求め合うのだった。

狂おしいまでの悦楽も、歩武と優花にとっては愛情表現の一つである。

行為のあとでしっかり休んだら、二人でお風呂を沸かして、共に入浴タイムだった。

途中、泡だらけなパートナーの肉体に仲よく発情し、湯気の立ち込める場所で、再びまぐわってしまったが……まあ、それはさておき。

息を上げながら脱衣所へ出ると、歩武のスマホにも、優花のスマホにも、大量のメッセージ履歴があった。

服を着て、中身を確認すれば、

「うわぁ……」

「……あはは」

嘆息と苦笑が漏れてしまう。

二人は狭い場所で見つめ合い、

「あー君もなんだ？」

「……ええ。優花さんのほうもなんですね？」

「うん……あかり姉ってば、まったくもう」

歩武に届いていたのは、蓮司からの惚気だ。

あかりから経験不足を告白された旨を皮切りに、彼女がどれだけ可愛いか、箇条書きで記されている。その一文一文が凄まじい長さで、しかも非常に甘ったるい。

これだけ彼女自慢をされてしまうと、あかりのオナニーを垣間《かいま》見てしまった申し訳なさだって、多少は和らいだ。

自分が今後決して見ないあかりのさまざまな顔を、蓮司は短時間にたくさん見ているのだ。

優花へも、あかりから似たものが送られてきたのだろう。

(よかったね、おめでとう……っと)

とりあえずの返信をしてから顔を上げると、なぜか優花が頬を赤らめながら、見つめてきていた。

しかし、初セックスを済ませたであろう従姉たちにあてられたのかと思いきや、眼差しにあるのは、もっと初々しい照れ方だ。

「ど、どうしたんですか?」

「あー……この際だから、わたしも君に恋愛相談をしちゃうね?」

「はい?」

「本当はわたし……あー君と渡嘉敷君が本屋で話してた声、けっこう早いうちから聞こえてたんだよ……。君にどう思われてるかも、だいたいわかっちゃった」

「……そうだったんですね……」

歩武はかえって、腑に落ちる思いだった。

だからこそ、優花も用具室などで行動的になれたのだろう。

そこへ優花が問うてくる。

「あー君……わたしみたいなガサツ女子のどこを好きになったの？」

「え、それは……」

発端は部活見学の日だった。

竹刀を振るう姿に惹かれ、それから顔を見て、もっと好きになったのだ。

あとは同じ部活で過ごすほど、気持ちがどこまでも高まった。

歩武はそんな一連の流れを、訥々《とつとつ》と話す。

ただし、最後にこれだけは言っておきたかった。

「俺、優花さんのことをガサツなんて思ったこと、一度もありません。先輩は優しくて、可愛くて、かっこよくて……もっと自信を持つべきなんですっ」

その数カ月越しのお返しに、優花は虚を衝かれた顔となり、それから声をあげて笑った。

「あー君ってば生意気だーっ」

そこで歩武も疑問をぶつけてみる。

「先輩こそ、俺を好きになったきっかけは、何だったんですか？」

「んっ、それはね……ふふっ、実はあー君とほとんど同じっ」

「え？」

「前々から頑張り屋で、いい後輩だなーとは思ってたんだよ。でも、スマホを取りに剣道場へ戻った日、一人で素振りを続ける君のに見惚れて……気づいたの。わたし、恋してるのかもって。……うっわ、これ口にすると恥ずかしい！　とにかく、あとは勢いで君と特別練習もして、好きってはっきりわかったわけ！　以上！　おしまい！」

急にアタフタしだす優花を見て、歩武は胸が温かくなった。

優花と自分は別の人間だから、どんなに愛しく思っても、完璧に同じ見方をすることは難しい。

仙波学園の交流試合で負けたあと、実感したことだ。

しかし、根っこの部分の感性は、すこぶる似通っている。

きっとこれからも、二人でさまざまなものを見て、喜びを共有したり、感想を言い合ったりできる。

愛しています——と、歩武は発作的に言いたくなった。

ここで告げたら、恥ずかしがっている優花へ追い討ちになってしまうが……、

「愛していますよ、優花さん」

「ほえっ⁉」

――我慢できなかった。

エピローグ

さて、光陰矢《こういんや》の如《ごと》し。

季節はあっという間に一巡りして、再び仙波学園と交流試合をする日がやってきた。

それは歩武と優花にとって、告白から一周年ということだ。スケジュールの都合上、丸一年とはいえないが、むしろ正確な日付より思い入れが強い。

あのとき、勝てなかった鈴城文乃は、もう剣道部を引退してしまっただろう。

しかし、彼女の指導を受けた一年生と二年生が、竜ヶ園学院へやってくる。

「行ってきます。優花さん」

歩武は男子剣道部の新部長として、さらにトーナメントの結果を踏まえた主将として、これから学校へ向かう。

優花はその応援に、朝から芦田家の前へ来てくれた。

「あー君ふぁいとっ。勝ち負けにこだわるんじゃなく、まずは心から試合を楽しんでねっ。これ、経験者からのアドバイスっ」

彼女の人懐っこい笑顔は、剣道部を引退したあとも変わらない。歩武にとって、それが最大の励ましだ。

「はい！　でも、勝ちだってちゃんと狙いますから！」

「よーしっ、わたしもそれを見届けるぞ！」

「頑張ります！」

歩武は力強く頷《うなず》き、優花と並んで歩きだす。

彼のやる気は、一歩ごとに高まっていった。


――余談ながら。

この日の夜に、優花がしてくれた〝お祝い〟は、かつてない甘さと激しさだった。

◉新人作品**大募集**◉

マドンナメイト編集部では、意欲あふれる新人作品を常時募集しております。採用された作品は、本人通知のうえ当文庫より出版されることになります。

【応募要項】未発表作品に限る。四〇〇字詰原稿用紙換算で三〇〇枚以上四〇〇枚以内。必ず梗概をお書き添えのうえ、名前・住所・電話番号を明記してお送り下さい。なお、採否にかかわらず原稿は返却いたしません。また、電話でのお問い合せはご遠慮下さい。

【送付先】〒一〇一‐八四〇五 東京都千代田区神田三崎町二‐一八‐一一 マドンナ社編集部 新人作品募集係

剣道部《けんどうぶ》の先輩女子《せんぱいじょし》 放課後《ほうかご》のふたり稽古《げいこ》

著者◉伊吹泰郎【いぶき・やすろう】

発行◉マドンナ社
発売◉二見書房
東京都千代田区神田三崎町二‐一八‐一一
電話 〇三‐三五一五‐二三一一（代表）
郵便振替 〇〇一七〇‐四‐二六三九

印刷◉株式会社堀内印刷所 製本◉株式会社村上製本所 落丁・乱丁本はお取替えいたします。定価は、カバーに表示してあります。
ISBN978-4-576-20138-2 ◉ Printed in Japan ◉ ©Y.Ibuki 2020

マドンナメイトが楽しめる！ マドンナ社 **電子出版**（インターネット）……**https://madonna.futami.co.jp/**

Madonna Mate